八坂不動産管理の訳アリな日常

幽霊と同居、始めました。

飛野 猶

角川文庫
22833

CONTENTS

八坂不動産管理

プロローグ　それは、うららかな春の日のことでした

ある土曜日のお昼過ぎ。

彼は自分がもっている一番いいスーツに身を包み、自宅マンションを出た。歩きながら胸ポケットのふくらみを何度も確認する。そこには、先週渋谷《しぶや》のジュエリーショップで購入した指輪が入っていた。

いわゆる、婚約指輪というやつだ。

マンションの階段を軽快に駆け降りると、いつもより早足で駅へと急ぐ。

待ち合わせをしている彼女とは、もう付き合って三年になる。

出版社に勤める彼女は休みも不定期で、銀行で不動産融資担当として勤めている自分とはなかなか休みも合わない。それでも二人で時間を合わせて、会える時はなるべく一緒に過ごすようにしていた。

普段は家デートがほとんどだけど、今日は久しぶりに外で待ち合わせ。

おいしいレストランを教えてもらったから、一緒に行こうと誘ったのだ。その席で、プロポーズするつもりでいた。指輪も用意したし、レストランの予約も取ったし。ついでに近くのホテルの予約もしておいた。夜景のきれいな上階の部屋を取ったんだ。彼女は、二人とも自宅が都内にあるのにもったいない、なんて言って笑うだろうか。

それでも、たまにはそんな贅沢《ぜいたく》もいいよね。一生の記念となる一日になるかもしれないし。いや、記念になるような一日にしなきゃならないんだ。

赤信号で、彼は立ち止まる。ズボンのポケットに突っ込んであったスマホで時間を確認した。

やばい。予定より五分遅れている。本当は次の電車に乗りたかったのに、これでは彼女との待ち合わせ時間に間に合わないかもしれない。もう少し余裕をもって家を出るつもりだったけど、ついいつになく気合をいれた身支度に時間を取られて遅れてしまった。

胸ポケットを触ると、そこに小さく四角い箱が感じられた。そのことに、ほっと安堵《あんど》しつつ、歩行者用の信号が青に変わったところで横断歩道を渡りだした。駆け足気味にゼブラ柄の上を歩いていく。

急いでいたこともあった。プロポーズのことに気を取られて、周りが見えなくなっていたのもあっただろう。

「あっ、危ない！」

後方で誰かの鋭い叫び声が聞こえた。

「え……?」

足を止めて振り向こうとした彼が目にしたものは、高速でこちらに迫ってくる一台の白いワゴン。

一瞬、鬼のような形相の運転手と目が合った気がした。

やばいっ、そう思ったときにはもう、身体が宙を舞っていた。

何が起こったのかわからないまま景色が目まぐるしく移り変わったかと思うと、身体中に激しい衝撃が走った。数秒遅れて、道路に叩《たた》きつけられたのだと気がついた。ありえない方向に自分の身体が曲がっているのがわかる。上手《うま》く息ができない。

でも、目の前の道路に指輪がむき出しのまま転がっていた。胸ポケットに入っていたものが衝撃で転がり落ちたのだろう。

なんとかそれに手を伸ばそうとするが、ちっとも身体が動いてくれない。

手が、届かない。

それが生前に彼が見た、最後の景色となった。

高村元気《たかむらげんき》。享年二十七歳。

よく晴れた、うららかな春の日のことだった。

第1章　夜な夜な泣き彷徨う霊

「不幸って、なんでこうも重なるんだろう……」

千夏《ちなつ》は東京湾沿岸にある巨大な建設現場を見上げて、そっとため息を漏らした。広大な敷地にはぐるっと工事用の防音防塵《ぼうじん》シートが巡らされている。そこに『八坂《やさか》建設』のプレートが堂々と掲げられていた。

ここは建設会社大手の『八坂建設』が手がけている大規模プロジェクトのひとつで、ショッピングモールやオフィスビル、タワーマンションを備えた巨大複合施設ができる予定だ。そして、千夏はこのプロジェクトのメンバーの一人だった。

自分の手がけたものが、誰かを笑顔にする。そんな仕事を夢見てこの業界に入った千夏だった。それがようやく叶《かな》うところまできたのに……あと数日、三月末でこのプロジェクトを外されることが決まっていた。

順調だった人生が、突如狂いだしたのは一か月前。

突然部長室へ呼ばれ、このプロジェクトから外されることになったと一方的に告げられた。しかも、八坂建設からの出向扱いで、子会社に異動になったのだ。

青天の霹靂《へきれき》だった。そんな左遷人事を受ける心当たりは何も無い。必死に食い下がったけれど、もう決定したことだからの一点張りで、部長は聞く耳を持ってはくれなかった。

その後、八坂建設が談合疑いで捜査当局から目をつけられているらしいという噂を社内で耳にした。その談合があったとされる公共事業の担当部署こそ、千夏が前にいた部署だったのだ。そこはこの四月で急遽《きゆうきよ》取り潰《つぶ》されることになり、関係者はみな子会社に出向とのこと。つまり千夏もその余波で出向となったのだった。

談合のことなんて一切何も知らないのに！　とばっちりもあったもんじゃない。

同僚たちはほとぼりがさめたらまた戻ってこられるよ、なんて慰めてくれたけど、夢だったプロジェクトから外されるのが悔しくて仕方がなかった。

そのうえ、慰めて欲しかった彼氏はいつの間にか可愛らしい年下の女性と婚約していた。一年も前から二股《ふたまた》をかけられていたのに、気づかなかった自分を呪いたくなる。

仕事もプライベートも順風満帆のつもりだったのに、こんなにあっけなく崩れさってしまうなんて。

もう一度深いため息をつくと、千夏は建設現場をあとにする。駅へと向かう道すがら、もう春だというのに吹き付ける海風がやけに冷たく感じられた。

頭の中では『何が悪かったんだろう』『どうすれば良かったんだろう』と、延々と反省会が続いている。でも何度考えても、ただ『運が悪かった』という結論になってしまって、それが余計に苦しさを募らせていた。

もう出向という未来は覆らない。それならせめて、何か気晴らしでもして気分転換したかった。どうせ結婚資金として貯めていた貯金だって、もう使い道もないんだし、いっそのこと旅にでも出ようかな。出雲《いずも》とか伊勢《いせ》とか大きな神社にいって厄払いと良縁成就の祈禱《きとう》でもしてもらうのもいいかもしれない。

なんてことを思いながらとぼとぼ歩いていたら、ふと古本屋さんの看板が目にとまった。

（本っていいよね。辛《つら》いことがあっても、本を開けば別の世界にひたることができるし、読んでいる間は嫌なことを忘れられるもの）

千夏はそのまま引き寄せられるように、ふらりと古本屋のドアをくぐった。

天井近くまでそびえる本棚が並ぶ細い通路を通って、何の気なしにぶらぶらと店内を巡る。

そこで、なにげなく一冊の本が目についた。

（これ、少し前に流行《はや》ったやつだ）

前から気になっていたけれど、買いそびれて読まずじまいだったことを思い出して、その本を手に取った。

ぱらぱらとページをめくっていると、とあるページで手が止まる。

そこに一枚の栞《しおり》が挟まっていた。よくある、出版社の名が書かれた栞ではない。

「あれ？　これ……」

　白と朱色の和紙で作られた可愛らしい栞だが、表には金色で『心願成就』の文字。裏をめくると『白山神社《はくさん》』とあった。

　栞タイプのお守りのようだ。

『心願成就』の文字がまぶしい。ちょうど神社に行こうかなと思っていたところだし、神様にお願いしたいことならたくさんある。なんだかこのお守りが千夏の願いを叶えてくれるような気がして、幸先《さいさき》のいいものにも思えてきた。

（これも何かの縁かも！　神様仏様、どうか私の願いも叶えてくださいっ。もうこれ以上悪いことが起きませんように！　次の職場で上手くやれますように！　ついでに二股しない素敵な彼氏もみつかりますように！）

　千夏は栞を本に戻すと、両手で拝むようにぱたんと本を閉じて、そのままカウンターへ持って行った。少しだけ、心が軽くなった心地だった。


　そして迎えた、四月一日。出向先への初出社の日だ。

「おはようございます。本日付でこちらに異動になりました、山崎《やまざき》千夏と申します」

　グレーのパンツスーツに身を包んだ千夏は、職員たちを前に深々と頭を下げた。

　ここは八坂不動産管理の水道橋《すいどうばし》支店。

　総武《そうぶ》線の水道橋駅からほど近い七階建てのオフィスビルの三階だ。一、二階には都市銀行の支店が入り、三階より上は八坂不動産管理が使っているらしい。

顔はにこやかに微笑んではいるが、心の中は曇天だった。

（はぁ……なんで私、こんなところにいるんだろう）

はっきりいって、絶賛、意気消沈中だ。

昨日までいた八坂建設では、港区《みなと》の一等地にあるピカピカの本社ビルに職場があった。八坂不動産管理は、八坂建設がもっている物件の管理業務を行うためにつくられた子会社だ。

完全に都落《みやこ》ち気分だったが、落ち込む気持ちを無理やり押し込める。いまは過ぎたことを思い出している場合じゃない。

配属されたのは、総務部計画課の第二計画係だった。

といっても、第二計画係はフロアの一番すみにあって、デスクが向かい合わせに六つくっついてはいるものの職員は男性二人しか姿が見えない。一つが千夏のデスクになるとすると、残り三つは空席だ。

あれ？　なんだかやけに人の少ない係だなあと違和感を抱きつつも、千夏は第一印象を良くするために口角をあげて、笑顔をつくる。

そんな千夏の努力を知ってか知らずか、今日から新しい上司となる百瀬《ももせ》課長はなんだかとても申し訳なさそうな雰囲気を漂わせていた。

「本当は企画部の方に配属予定だったらしいんだけど、急遽、こっちの係が手薄になっちゃってね。しばらく第二計画係でお願いしたいんだ。山崎さんの席はここね。彼は、久世《くぜ》係長。同じ課に同じ名字の職員がいるから、彼のことは晴高《はるたか》係長って呼ぶことも多いかな。彼はこの係が長いから、なんでも聞くといいよ」

千夏が割り当てられたのは島の真ん中のデスクだった。

向かいの席に座っていた男性が立ち上がって、課長が紹介するのに合わせてお辞儀してくるので千夏も「よろしくお願いします」と頭を下げる。

続いて千夏の右隣の席に座る男性職員の紹介に移ると思いきや、百瀬課長は「それじゃあ、あとはよろしく」と言って早々に課長席の方へ戻ってしまった。

（え？　あれ？　この人の紹介は？　え、無視⁉　課長自ら公然と社員いじめ⁉）

なんて嫌なことを考えてしまったが、その男性職員も特に抗議をする様子もなく、ずっと座ってうつむいたまま。スーツに身を包んだ、千夏とあまり歳が変わらないように見える男性だった。よく見ると、顔色も悪い気がする。

（体調、悪いのかな……）

きっと、具合が悪いのに無理して出社してきたのだろう。もしかすると課長も彼の体調に気を遣って紹介しなかったのかもしれない。だから、結局彼の名前はわからずじまいだった。

（まぁ、いっか。あとで誰かに聞くか、座席表見れば名前はわかるし）

そのあと人事部の人がやってきて矢継ぎ早に出してくる手続き書類に記入し終えると、

オフィスの壁掛け時計はもう十二時を指していた。外にご飯を食べに行く職員も多いが、半分以上は自分のデスクで弁当やコンビニで買ってきたものを広げている。千夏もデスクの下に置いてあった自分のトートバッグを手に取り、朝に自分で作ってきたサンドイッチの包みを取り出そうとしたところで、バッグの中に入れておいた箱を思い出す。

（そうだ。先週実家に帰った時に買ってきたお土産があったんだ）

同じ課の皆さんに配って食後のおやつにしてもらおう。顔を覚えてもらう良いきっかけになるものね。

千夏はトートバッグから箱を取り出した。かわいい絵柄の箱には、地元名産のサブレーが入っている。さくっとした食感と香ばしいバターの香りに手が止まらなくなる、地元自慢の名産品だ。

昼休み中のデスクをまわって、

「どうぞ。この前実家に帰ったときに買ったんです」

そう言って渡すと、ほとんどの職員たちは表情を緩めてくれた。

でも、千夏の向かいの席に座る晴高係長だけは、「これ、どうぞ」と千夏がデスクにサブレーをおいても何の興味も示さず、視線はノートパソコンのディスプレイに向けられたまま。

さっきコンビニのおにぎりを食べていたのをちらっと見たが、すでに食べ終わって仕事モードのようだった。

（……もしかして甘いもの嫌いだったかな。でも、そうならそうと言ってくれればいいのに……とっつきにくくて怖い感じの人だな……）

こんな人が上司でやっていけるんだろうかと一抹の不安を覚えるものの、改めて彼をよく見ると案外整った顔立ちをしていた。センスのいい眼鏡の奥にある、鋭い切れ長の目。年頃は二十七歳になったばかりの千夏より、少し上くらいだろうか。

顔が良い分、にこりともしないその雰囲気はどこか近寄りがたい空気を纏《まと》っている。黒っぽいスーツの袖《そで》から、右手首に嵌《は》められた水晶のブレスレットが覗《のぞ》いていた。パワーストーンというやつかな。

それから千夏は最後に自分の右隣のデスクにもサブレーを置いた。

先程からずっと俯《うつむ》いている、あの男性職員のデスクだ。

体調が悪そうな人にお菓子を配るのもどうかと思ったけれど、一人だけ配らないのもよくないだろう。

「これ、おいしいんですよ。お口に合うようでしたら」

そう笑顔で伝えたが、こちらも返事はない。ただじっと、うつむき加減でデスクの一点を見つめたままだ。顔色もやっぱり悪そう。というより、ほとんど蒼白《そうはく》だ。

「あの……大丈夫ですか？　どこか、お加減悪いようでしたら……」

微動だにしない彼の様子が心配になった千夏がそう声をかけたとき、前のデスクから鋭い声が飛んできた。

「お前、そいつが視《み》えてるのか？」

「へ？」

顔をあげると、声をかけてきたのは晴高係長だった。彼は立ち上がって、体調の悪そうなその男性職員を指さしている。

「え、あ、はい。なんだか、具合悪そうだなって……」

そう答えると、晴高は切れ長の目をびっくりしたように見開いて「まじかよ」と小さくつぶやいた。そして、衝撃的な一言を口にする。

「……そいつさ。幽霊だよ」

「…………はい？」

言われた意味がすぐには理解できず、千夏は間の抜けた声で聞き返すしかなかった。

驚く千夏に、晴高はさらに言う。

「だから。そいつ、死人。視えてるのは、俺とお前くらいなもので他のやつには視えてない」

「え……ええ!?」

うそ……こんなにはっきり視えているのに？　千夏は内心焦って周りを見わたす。隣の係の人たちが手をとめて、不思議なものを見る目で千夏と晴高のやりとりを眺めていた。集まる視線が痛い。

(やっちゃった……!!)

千夏は小さい頃から時々、霊を視ることがあった。

「あの浮いているおばちゃん誰?」と友達に尋ねたら、変な子扱いされてからかわれたこともある。それからというもの、霊が視えることは外では言わないようにしていた。

そうやって気をつけてきたのに、今回、うっかり話しかけてしまったのは、

「え、だって。こんなにはっきり視えてるんですよ……!?」

輪郭がぼやけることも透けることもなく、生きている人間と区別がつかないほどはっきり視えていたからだ。しかも、職員席に座っているなんて、完全に騙《だま》された。

「それは、たまたまそいつと波長があったんだろう。そいつ、前からこのあたりをウロウロしている浮遊霊だ」

晴高は淡々とした口調で、さらに続ける。

「アンタ、元から視える体質なんだな。だったら、ずっとこの係から出してもらえないかもな」

「へ……?」

どういうこと? と思わず口をポカンと開けて聞き返す千夏。

「ここは、第二計画係って名前はついちゃいるが、実質は何でも屋だ。社内で他に担当がいない仕事が何でもまわってくる。地鎮祭関係もこの係の仕事なんだが、その関係で幽霊物件絡みも全部こっちに回されるんだ。だから、通称、幽霊専門係なんて呼ばれて

たりもする」

「え……え……？」

突然のことに頭がついていかない。それでも、晴高の説明は無表情のままつらつらと続く。

「その仕事を嫌ってどんどん人が減ってってな。三月までは他に三人職員がいたんだが、霊がついてくるってウワゴト言い出して他部署に異動になったのが一人、もうこんなとこやってられっかって言って突然辞めたのが一人、ここにいても未来がないからって資格取って本店派遣になったのが一人。ってことで係が俺一人になったところに、何も知らないアンタが配属になったってわけ。元からこの支店にいるやつは誰もここに異動希望なんて出さないからな。何も知らないアンタが体よく押しこまれたんだろ。アンタもすぐに音を上げて辞めるんじゃないかと心配してたんだが、その調子なら全然問題なさそうだな」

「えええええっ、ちょっと待ってください」

情報がいっきに頭の中に入ってきて全然整理できないが、とりあえず、とんでもない部署に配属になってしまったことだけは理解できた。

しかもさっきの百瀬課長は千夏がこの係にいるのは一時的だというような話をしていたが、千夏が視える体質だと知られてしまったいま、このいかにも厄介そうな部署から逃げられなくなるかもしれない。

元はと言えば、あんたが紛らわしく生きてる人間と変わらない見た目をしてたからいけないのよ。と、恨みがましい視線を幽霊男に向けたところで、千夏は「え？」と声を漏らした。

いままでずっと微動だにせず俯いてデスクの一点を見つめていた幽霊男が、その双眸《そうぼう》からハラハラと涙を流して静かに泣いていたのだ。

「ど、どうしたの？　大丈夫？」

思わず幽霊男にそう尋ねてしまい、千夏はしまったぁ！と心の中で後悔した。また、幽霊男に話しかけてしまったじゃないか。

晴高がやれやれという視線を投げてくる。

（あああああ、もう、今日の私、ダメすぎる）

はぁと嘆息をしたそのとき、幽霊男がぽつりと何か言葉を発した。

「これ…………食べてもいいんですか？」

弱い、いまにも空気に霧散してしまいそうな声。でも、驚きと嬉《うれ》しさが混じりあったような響きがあった。

幽霊の声なんて聞いたのは初めてだったけれど、こちらから会話を始めてしまった手前無視もできない。

千夏は生きている人と同じように接することにした。

「ええ。どうぞ。あなたにあげたものだから」

「ありがとう……ございます……」

幽霊男は涙を拭《ぬぐ》うこともせず、膝《ひざ》の上に置いていた両手をデスクの上に出すと、ゆっくりとした動作でサブレーの袋を手に取る。

その瞬間、不思議なことが起こった。

サブレーの袋はデスクの上に置かれたまま動いてはいないのに、幽霊男の手には同じサブレーの袋がある。まるで袋が分裂したようだった。彼の手にある方は、若干半透明で向こうの景色が透けている。

彼はその袋を開けると中身を出してしみじみと眺めたあと、おそるおそるといった様子で口に運んだ。

彼がサブレーをかじると、さくっと小気味好《よ》い小さな音が鳴る。

そして、じっくり味わうように咀嚼《そしゃく》した。

「あぁ……うまい。やっぱ、うまいなぁ、これ……」

彼は何度も「うまいなぁ」を繰り返しながら、嬉しそうにサブレーを食べた。

あらためて彼をじっくり見ると、彼はいかにもサラリーマン然とした格好をしていた。明るめのグレーのスーツに青色のネクタイ。髪は茶色みのある明るい色をしていて、少し癖があるようだ。顔もそこそこ整っていて、イケメンと言うよりもどちらかというと愛嬌《あいきょう》がある顔立ちをしている。もし幽霊でなければ、好青年として年上にも可愛がられたタイプだろうなぁ。千夏はそんな想像をしてしまう。

「まだ余りあるけど……食べる?」

千夏がそう声をかけると、幽霊男はパッと嬉しそうにはにかんだ。笑った顔はちょっと可愛い。

「はい、どうぞ」

箱の中に残っていたサブレーを渡すと、彼はにこにこと受け取る。ここでも不思議なことに、彼は確かにサブレーの袋を受け取ってその手にしっかり持っているのに、千夏の手にもまだサブレーの袋は残ったまま。つまり、彼が物を手に取ると、まるで物の幽体部分? だけが彼の手元にうつり、そのものの実体はその場に残るようなのだ。

「ありがとう」

彼は礼を言うと、そのサブレーも袋をあけてむしゃむしゃ食べ始めた。どれだけお腹がすいていたのだろう。いや、幽霊もお腹がすくのかな? 普通にやりとりのできる彼に、いつのまにかすっかり恐怖心はなくなっていた。千夏は自分の席に腰を下ろすと、マジマジと彼を眺める。

たしかによく見ると彼は全体的に若干半透明ではあるのだが、よく見ないとわからない程度だ。他の人にはこの幽霊男自体が視えてはいないのだろうが、千夏の目にはそう見えた。

自分の席で頬杖《ほおづえ》をつきながらサブレーを無心で食べる彼を眺めていたら、向かいの席から大きなため息が聞こえてきた。声のした方に視線だけ向けると、晴高だった。

「……あんた、すごいな。普通に幽霊と会話できるのか」

呆《あき》れたような驚いたような、そんな声で晴高がいう。

「え……ちょ、ちょっとまってください。私も、初めてですから。こんな風にコミュニケーションとれたのなんて」

「いや、普通は幽霊と話したりしないから。アンタやっぱ、この係適任だな。いままで俺一人でやってたから、抱えてる物件は結構多いんだ。昼休み終わったら、すぐ現地調査にいくぞ」

「ええ⁉……もしかして、抱えてる物件って……」

「幽霊の出る物件に決まってんだろ」

晴高からは冗談を言っている雰囲気は微塵《みじん》も感じられない。なんだか、着任早々妙なことになってしまった。

それもこれも、こいつのせいだと勝手に恨みがましく幽霊男を見ると、サブレーをかじったまま申し訳なさそうにこちらを見ていた彼の視線と目が合う。

まったく、もう！

晴高の運転する社用車のセダンで連れてこられたのは、練馬《ねりま》区にある二階建ての賃貸アパート。いわゆる、ハイツとかコーポなどと呼ばれるタイプのアパートだった。

築年数は十年ほど。新しくもないが、そんなに古いわけでもない。実際、外観を見た限りでは、取り立てて不気味な感じや嫌な印象は受けなかった。

今回の調査対象になっているのは、二階にある202号室。

階段をのぼって、『202』という表示のある部屋の前まで来ると三人は立ち止まった。

そう。三人なのだ。

晴高と千夏と、そして。

「なんで、あなたまでついてきてるのよ」

千夏は隣に立つ、よく見ると若干透けている幽霊男に言う。てっきり水道橋支店のあの席にずっと座っているのだとばかり思っていたその幽霊は、いつの間にか千夏と晴高のあとをついてきていたのだ。そのことに気づいたのは、さっき車を降りたとき。どうやってついてきたのかはよくわからないけど、気がついたら後ろにいた。

「なんか、俺のせいで迷惑かけちゃったみたいだったから。申し訳なくて」

「申し訳ないと思うんなら、もう二度と私の前に姿をみせないでほしいんですけど」

この幽霊男は、もはや普通の人と変わらない調子で千夏に話しかけてくる。いっそ無視すればいいのかもしれないし、はっきりと拒絶すれば離れていってくれるのかもしれないけれど、今は初めて携わる仕事の最中《さなか》なのでそこまでの余裕もなかった。

「すみません……」

千夏にきついことを言われて、幽霊男は高い背を丸めてしゅんと俯いた。

「とりあえず。幽霊さんは、その辺でふらふらしててください。いま、仕事中なので」

「あ、俺。高村元気って言います」

「元気、ね……」

なんとも幽霊には似つかわしくない名前だ、というのが名を聞いたときの第一印象だった。

生きていた時につけられた名前だろうから、幽霊っぽくなくても仕方がないのだろうけれど。

そして椅子に座っていたときは気づかなかったが、この幽霊男、案外背が高いのだ。おそらく180センチはあるんじゃないだろうか。幽霊のくせにくるくるとよく変わる表情といい、明るい髪色といい、さしずめゴールデンレトリーバーみたいな印象だった。

席で青白い顔をしてじっと俯いていたときとは別人のよう。

「すっかり憑《つ》かれたみたいだな。お前が話しかけたりするからだ。あとでお祓《はら》いに行ってこい」

と、まるで他人事《ひとごと》のように晴高はそう言い捨てると、会社から持ってきた管理用のマスターキーを使って202号室のドアを開けた。

晴高は元気よりも少し背が低いけど、濃い黒髪に黒いスーツと全体に黒っぽい印象が強い。常に視線も言葉も鋭くて、笑顔なんて初めから標準装備していないのではないかと疑いたくなるほどの仏頂面。でも、やたらと顔が整っているので、余計近寄りがたい雰囲気を醸している。元気がゴールデンレトリーバーだとしたら、こっちはさしずめドーベルマンといったところかな。

なんとも正反対の二人とともに物件調査にやってきた千夏は、はぁと大きくため息をつくと202号室へと足を踏み入れた。

そこは、ごく普通の1LDKだった。しかし入った途端、急にぞわっと両腕に鳥肌が立つ。

(え、何これ)

室温が外とくらべてグッと低いような気がした。外はぽかぽかと春の陽気なのに、この部屋に入った途端、もう一枚上着がほしいくらいの寒さを感じる。

晴高は、玄関で持参したスリッパに履き替えるとすたすたと家の中へ入っていった。置いてけぼりにされたくなくて、千夏も靴をぬいでストッキングのまま晴高のあとを追う。

玄関から入ってすぐのところにキッチンがあり、その奥にリビングダイニング。さらにその左隣には小ぶりな洋室があった。

そのどちらの部屋もベランダへ出られる掃き出し窓がついている。窓からはあたたかな日が室内へと差し込んで、床に陽だまりをつくっていた。

しかし窓からよく日が差し込んでいるにもかかわらず、どこか部屋の中が薄暗い。

(……ここ、嫌だ……)

何が嫌なのかはわからない。室内は家具一つなく殺風景。でも掃除が行き届いている し、とくに嫌悪感を覚えるような要素はないはずなのだ。それなのに、なぜかここにい たくない、いてはいけないという気持ちが抑えきれなくなってくる。

晴高が一緒にいるからいいものの、自分ひとりだったら室内に入ることすらできなかっただろう。

晴高は手に持っていたビジネスカバンからファイルブックを取り出してページを繰《おぼ》っている。ファイルブックには、会社のデータベースからプリントアウトしてきたと思しき資料が挟まっていた。

「ここの最後の借主は、松原涼子《まつばらりょうこ》。三年ほどここに住んでいたが、彼女からは特に苦情のようなものはあがっていない」

「三年もこの部屋に住んでいたんですか……」

「当時は特に何の問題もなかったんだろう。問題が出たのは、彼女の死後だからな」

涼子は、一人暮らしの派遣社員だった。二か月前に職場で突然倒れて亡くなっている。死因は、脳卒中だった。彼女の死後、ここにあった家具類は賃貸契約の保証人でもあった彼女の両親に引き渡されている。でも……。

「この部屋の明け渡しが終わったころから、おかしなことが起こりはじめたんだ」

晴高はファイル片手に淡々と語る。

「この部屋の明け渡しが完了したのが一週間前。その翌日の夜に、隣の201号室の住民が深夜に帰宅すると、壁の向こうから女性の泣くような声が聞こえたんだそうだ。その声は一晩中聞こえていたと報告にある。さらにその次の日から泣きながら共用廊下をさまよいあるく女性の影が出没するようになる。そしてそのあと日は違うが、夜中に寝ていると突然金縛りにあい、女性の霊が足元から泣きながら這《は》い上ってきたという報告が二件あがっている。こっちは102号室と、203号室だな。どちらもこの部屋と接した部屋だ」

ほかにも壁や天井から叩《たた》くような音が聞こえたり、閉めたはずの窓やドアが勝手に開いたという報告もあった。

当然住民からは苦情や調査依頼が殺到し、中には賃貸契約中にもかかわらず「こんな家には住めない」とホテル暮らしをしだした入居者もいるという。

これでは退去者が続出してどんどん空き室が増え、やがてここには誰も住まなくなってしまうことだろう。それを大家さんは非常に心配しているのだという。

「実際のところ、その影や声の正体が松原涼子だっていう確証はない。ただ、奇妙なことが起こり始めたのがこの部屋の明け渡しの直後だったことや、怪異の大半がこの部屋の周辺で起こっていることから、松原涼子の霊が関係している可能性は高いだろうな」

というのが、晴高の見解だった。

今日もまた、日が暮れるとこのアパートのあちこちで怪奇現象が引き起こされるんだろうか。いまはまだ外が明るいからいいけど、その怪異の原因とおぼしき部屋にいると考えただけで怖くて呼吸が浅くなってくる気がした。

この世のものではない存在を相手に、自分たちに一体何ができるというんだろう。

「どう……するんですか？」

おそるおそる晴高に尋ねると、彼は持っていたカバンを足元へ置いた。そして右手首にしていた水晶のブレスレットを数珠《じゅず》のように親指と人差し指の間にさげて片手拝みする。

「どうするもなにも。俺たちはただ、霊をみつけて除霊をするだけだ」

彼は目をつぶり、御経を唱え始めた。

いつもの少しぼそぼそとしたしゃべり方とは違い、朗々としたよく通る声でよどみなく晴高の口から紡がれる御経。

経を読む声が部屋中に染みわたっていくと、千夏はこの部屋に入ってからずっと感じていた心の表面が粟《あわ》立つような不安が嘘のように落ち着いてくるのを実感した。

しかしほっとしたのも束の間、千夏の背後から「うう……」とうめき声が聞こえた。

明らかな男の声。驚いて振り向くと、先ほどまで千夏と同じように部屋を眺めていた元気が、胸を押さえて苦しそうに俯《うつむ》いていた。

「……え。ちょっと、どうしたの？」

どうしたもなにも、読経のせいなのは明らかだった。そのことに晴高も気づいたようで、唐突に経を読むのを止める。御経が消えると、元気はうつむいたまま膝《ひざ》に手をついて安堵《あんど》したように肩で大きく息をした。

「……死ぬかと思った」

「いや、あなたすでに死んでるでしょ」

つい間髪いれず、そう突っ込んでしまう千夏。

元気は顔をあげると、脂汗のにじんだ額を手の甲で拭《ぬぐ》いながら弱ったように笑みを浮かべる。

「死んでから、体調悪くなるの初めてだったからさ。驚いちゃって」

そんな感想をもらす元気だったが、彼を眺める晴高の目は冷たい。まるで実験動物の反応でも検証するかのような乾いた目で、彼の変化をジロジロ見ていた。

「やっぱ、ソレにも効くんだな。どうせなら一緒に除霊してしまってもいいんだが」

晴高がそう言うと、元気もさすがに身の危険を感じたのか後ずさって彼から距離をとる。晴高が数珠を持つ手を元気に向けて再び口を開こうとしたとき、千夏は二人の間に割って入った。元気を背に隠すように晴高の前に立つ。

なぜ、彼をかばおうと思ったのかはわからない。でも、生きている人間と同じように笑ったりしゃべったりする彼を見ていると、ここで無理やり除霊してしまうことが何とも気の毒になったのだ。

それに現時点では、彼は何ら悪さはしていない。除霊しなければならない理由もない。

晴高の鋭い目で見つめられるとついたじろいでしまうが、それでも負けまいと千夏はじっと晴高を見つめた。しばらく見つめあった後、晴高のほうが先に折れる。彼は小さく嘆息すると、淡々とした口調で苦言を呈した。

「一応忠告しとくが、ソイツをかばったところで碌《ろく》なことにはならんと思うぞ」

「わかってます。……でも、なんだか苦しそうだったから、気の毒で。除霊ってそんなに苦しいものなんですか？」

「さあな。俺は幽霊になったことないから知らんが、幽霊なんてもともと何かしら未練があってこの世に残ってるもんだ。除霊ってのは、この世にとどまりたがっている霊を無理やり引きはがしてあの世に追いやるんだから、苦しみを感じるやつもいるのかもな」

晴高はそう言いながら床においたカバンを取り上げると、中から一枚の紙を取り出して千夏に渡してくる。

縦長の白い紙に黒と朱の墨で文字が書きつけられている。お札のようだった。

「それを後ろの幽霊に持たせておけ。そうすれば、経《きょう》の影響を受けないで済むはずだ」

持たせておけ、と言われたってどうやって渡せばいいのかわからない。千夏はお札を手にしたまま晴高と元気を見比べたあと、元気の胸におしつけるようにお札をつけた。当然、千夏の手は元気の身体を何の抵抗もなくすり抜ける。

やっぱり、この人は実在しない人間なんだ。いくら会話ができて、生きている人間と変わらない外見をしていても、この人は幽霊なんだということを千夏は改めて実感する。

そんな千夏の感傷をよそに、元気はそのお札を受け取るような仕草をした。すると、サブレーの時と同じように、お札が実体と半透明な幽体とに分かれ、元気の手には幽体のお札があった。実体の方はいまだに千夏の手の中にあるけど、一応これで元気に渡したことになるみたい。

そのやり取りを見届けて、晴高は再び水晶の数珠を持った右手を片手拝みの形にして読経を再開した。

元気の様子が気になったけれど、お札をもらった彼は今度は読経の影響を受けないようでケロッとしていた。本人も不思議なのか、ぽつりと「お札、すげぇ」とつぶやくのが聞こえてきたので、思わず千夏はクスリと笑みを漏らす。

晴高の読経は続く。

それにつれて明らかに部屋の空気が変わってきた。それまでは不気味にシンと静まり返っていた室内が、読経の声にあわせてあちこちでバチバチという大きな静電気のような音がしだす。あれはラップ音というやつかもしれない。

室内の空気が、千夏にもよく説明できないけれど、なぜかとても荒ぶっているように感じられた。何かがひどく怒っている。そんな落ち着かなさ。

「あ！　あれ！」

元気が声を上げて指さしたのは、寝室として使われていたであろう洋室の一角。

その部屋の隅に、吹き溜《だ》まるように黒いモヤが現れていた。

モヤは次第に大きくなり、人の形のような輪郭を作り出す。

千夏はごくりと生唾《なまつば》を飲み込んだ。あれが、このアパートの住民たちを困らせている人影の正体なのだろう。

オオオオオオオオオォォォォォォォォォ

声とも泣き声ともつかない音を発しながら、晴高に黒い影の一部が伸びる。それは、読経をやめさせようと霊が手を伸ばしているようにも視えた。

晴高の読経はなおも続いている。

地の底から響いてくるかのような不気味な音は、やがて千夏の耳にはっきりとした声として聞こえてきた。

……ヤメテ……、ヤメテ……クルシイ……ヤメテ……

元気のときと同じように、霊は苦しそうだ。でも除霊のためには仕方ない。そう思おうとした。でも、霊の次の言葉に千夏はハッとする。

……タスケテ、ミーコヲ……タスケテ……

いま、霊は確かにそう言ったように聞こえた。

（え……ミーコ？）

タスケテと言っているように聞こえたけれど、自分のことを言っているわけではないようだ。

この霊は何かを訴えかけてきている。そんな霊を一方的に除霊してしまっていいのだろうか。こんな強制退去のような方法でいいんだろうか。ぐるぐると疑問が浮かんでくる。

ミーコ……シンジャウ……ミーコ……

目の前の苦しそうにもがく霊を視ているると、なんだか居たたまれなくなってくる。

それで、つい口をついて出てしまった。

「晴高さん、ちょっと待ってください！」

晴高が読経をやめた。彼にギロッと鋭く睨《にら》まれて、初めて「ああああ、やっちまったぁ！」と千夏は内心焦ったがもう遅い。

読経が止まったことで、黒い影もスーッと空中に溶け込むように消えてしまった。

「……どういうことだ？」

そう言って睨んでくる晴高の視線が痛い。声に明らかな抗議の色が滲《にじ》んでいた。

「……すみません。つい」

千夏はしゅんと肩を落として、素直に謝る。

「お前は、俺の邪魔をしにきたのか？」

晴高の鋭い声が千夏に刺さる。

「……いえ、違います」

彼の仕事の邪魔をしようという意識は微塵《みじん》もなかった。でも、邪魔になっていたのは確かだ。元気が除霊されかけていたのを妨害したし、今度は本来の仕事であるこの部屋の霊を除霊することまで妨げた。それに関しては、言い訳のしようもない。

晴高は千夏に聞こえるようにあからさまにため息をつくと、

「もう、いい」

そう一言呟《つぶや》いて、カバンを手にすたすたと玄関に向かって歩き出した。

「……え？　あ、ちょ……！」

慌てて千夏は彼の背中を追いかける。

「待ってください。どこへ行くんですか？」

千夏の静止の声に彼が応《こた》えて足を止めたときにはもう、靴を履き終えて共用廊下に出たところだった。晴高は尻《しり》ポケットから取り出したタバコを咥《くわ》えるものの、「くそ。禁煙してたんだった」と忌々しげに咥えたタバコを手で握りつぶし、睨むような冷たい視線で千夏を振り返る。

「どこもなにも、除霊されたくないんだろ。だったら、お前が自分でやれ。この部屋をなんとかしろ。期限は今週いっぱいだ」

「私、一人で……ですか」

「他に誰がいるんだ」

千夏はただ視えるだけの人間だ。晴高のように除霊の術《すべ》など持っていない。そのうえ、今しがた目にしたあの恐ろしい霊とたった一人で向き合うだなんて、想像しただけで身体の芯《しん》から冷たくなってくる。

でも、さっきあの霊が訴えてきた言葉が気になっているのも確かなのだ。

ここで千夏が嫌だといえば、晴高は「ほれみろ」とすぐにあの霊を除霊しにかかるだろう。そうすれば、抱えている案件の一つが完了する。この仕事はおしまい。

晴高は、もしかすると一人でやれと突き放すことで千夏が音《ね》を上げて除霊に同意するのを期待して、こんな冷たい態度を取っているのかもしれない。元々冷たい人なのかもしれないけれど。今朝顔見知りになったばかりの上司の考えることなんて、分かるはずもない。

ただ一つ言えることは、ここで千夏が逃げてしまえば、あの霊の訴えが顧みられることは二度とないということだ。

千夏は意を決して顔を上げる。そして、真っ直ぐに晴高を見つめて言った。

「やります。私、今夜ここに残ります」

自分でも意外なほど、凛《りん》とした声が出た。仏頂面の晴高の目が、一瞬大きく開かれたように見えた。彼も、千夏のこの反応は予想外だったのかもしれない。無理もない、千夏自身だって驚いているんだから。

でもさっき、晴高がもっていたファイルを横から覗《のぞ》いてしまったのだ。見えたのは松原涼子のプロフィール。彼女は、千夏と同い年だった。

自分と同じ年月生きていた人が、なぜいまここで皆を悩ます霊になんてなっているのか、知りたかった。気になった。放っておけなかった。

晴高はしばらく何かを考えているようだったけれど、「勝手にしろ」と言いながら、カバンから取り出したものを千夏に投げてよこした。

取り落としそうになりながらも受け取って見てみると、鍵束《かぎ》だった。

「管理会社用のマスターキーとかだ。資料はあとで会社の個人アドレスに送っておく」

それだけ申しわたすと、晴高はくるっと向きを変えて廊下を階段の方へと歩き去ってしまった。彼が階段を降りる音、ついで乗ってきた社用車のドアを開け閉めする音。車の去っていく音が消えたら、辺りはしんと静まり返った。

他の部屋には住民もいるはずなのだけど、まだ日が高いので留守にしているのか、それとも幽霊を恐れて帰ってこない人が多いのか。住宅街のど真ん中にあるというのに、ポツンと取り残されたようにこのアパートには人の気配がなかった。

忘れかけていた恐怖が再び忍び寄ってくる。それを振り払おうと、千夏は無理して平気そうな声で言った。

「なんなら、あなたももう帰っていいわよ？　別にうちの職員じゃないんだし」

　しかし元気は気の毒そうな顔でゆるゆると首を横に振る。

「俺もまだここにいるよ。どうせ帰るところもないし。……それにしても、あの晴高ってやつ酷《ひど》いよな。今日配属されてきたばっかの部下を、いきなりこんな現場に放置するなんて」

　元気は晴高の千夏に対する扱いの悪さを怒ってくれた。それで少しだけ胸のモヤモヤは晴れたけど、それ以上に期せずして背負ってしまった仕事の重荷で胃がキリキリと痛み出していた。

「仕方ないよ。私が自分で言い出したことだもん」

　そして自分を奮い立たせるように努めて明るく言った。

「さて。少し早いけど夕飯食べてきちゃうね。とりあえず、あの霊にもう一度会って彼女が訴えていることに耳を傾けてみるしかないもの」

　気がつくと廊下に落ちる千夏の影が長くなっていた。元気の足元には、もちろん影はない。赤くなり始めた空が、今日はやけに不気味に思えた。

　千夏が早めの夕飯を食べに駅前のファミレスへ向かうと、いつのまにか傍から元気の気配が消えていた。やっぱり、なんだかんだ言いつつも職場に戻ったのだろう。他の場所へでかけたのかもしれない。

千夏は口では強気なことを言いつつも、内心では元気の存在を頼もしく感じていたようだ。彼がいなくなってはじめて、そのことに気づく。彼がいないことが、酷く心細かった。幽霊なんかに何を勝手に期待していたんだろう。これは自分の仕事であって、元気には関係ないことなのに。

これからあの幽霊アパートへ戻って、たった一人で幽霊と対峙《たいじ》して解決策を導き出さなければならないことを考えると、恐怖で胃に穴があきそうだった。それは時間経過とともにどんどん強くなってくる。アパートへと帰る足取りが重かった。それでも、逃げ出すわけにはいかない。

小さな勇気を振り絞ってアパートへ戻ると、入り口のところに見慣れた長身のスーツ男子が立っているのが見えた。元気だ。千夏の顔に自然と笑みが浮かぶ。彼の姿を見たとたん、胸の中に温かな灯火《ともしび》がポッと灯《とも》ったかのようだった。一人じゃないことが、こんなにも有り難いだなんて。

よく考えると元気自身も幽霊なのだが、彼からは怖いとか不気味といったネガティブな印象は一切受けない。終始眉間《みけん》にしわを寄せている晴高と比べると、元気の方がずっと人間らしく思えるから不思議だ。

「戻ってこなくても良かったのに」

強がってそんなことを言うと、

「こんなとこに一人で置いておくなんて、できないよ。それに、誰かと喋《しゃべ》るなんて久しぶりだから、つい嬉《うれ》しくてさ」

そう言って、元気はにかんだ。

それはそうだろうな、と千夏も思う。視える人はちょくちょくいるのだろうが、会話できる相手となると珍しいだろう。千夏自身も幽霊と会話するのなんて初めてのこと。話しかけてくる相手がいままでいなかっただけなのかもしれないけど、晴高が言っていた『たまたま波長があった』というのもあながち外れてはいないのかもしれない。

「話す時間ならいっぱいあるわよ。それじゃあ、とりあえず部屋に入りましょうか」

日が沈んだいま、アパートの周りは暗闇に包まれていた。もちろん周囲の住宅の明かりや街灯、それにアパートの共用廊下にも照明はしっかり点《つ》いている。それでも、そのアパートの周りだけ、モヤでもかかってんじゃないかと思うほどに薄暗く感じられた。

階段を上って202号室の前まで来ると、晴高から渡されたキーでドアを開ける。夕飯を食べに出る前に部屋中の照明をつけていったので、室内は煌々《こうこう》と明るい……はずなのだが、やっぱり薄暗く感じてしまう。

開いたドアの隙間から、冷えた空気がスーッと千夏の肌を掠《かす》めて通り過ぎて行った。室内は、昼間以上にヒンヤリと冷たい空気で満たされていた。

千夏はコンビニの袋を手に持ったままリビングダイニングを通り、洋室へと向かう。カーテンがないため、窓ガラスには夜が映り込んでいた。千夏は普段、自宅にいるときは暗くなるとすぐにカーテンを閉めるようにしている。暗い窓の外からこの世ならざるものが覗き込んでる気がしてしまって気持ちが悪いからだ。

でも今日は、カーテンがないことに却《かえ》って安心を覚えた。いくらこのアパートに人の気配が薄いとはいえ、住宅街の真《ま》っ只中《ただなか》に建っているのだ。窓から外を見ると街灯や道を歩く通行人、向かいの家の明かりなどが見渡せる。人の気配を感じられるのが、いまはとても心強かった。

千夏は壁に寄りかかるようにして床に座る。スマホを確認すると、晴高からメールが届いていた。ファイルも添付されている。

それは松原涼子と、その後引き起こされた怪異についての資料だった。メールの本文には「山崎様」と宛名《あてな》が書かれているだけで、「大丈夫か？」の一言もないあたり、やっぱり晴高は徹底的に冷たいやつだという認識を新たにする。

幽霊が出るのは夜中だろうから、それまでまだ時間があった。千夏は時間潰《つぶ》しも兼ねて、晴高から届いた資料に目を通す。

それによると、松原涼子は都内の会社に派遣社員として勤めていた。この部屋の保証人になっているのは、埼玉に住む彼女の父親。元気もスマホを覗き込んでくるので、彼にも見えるようにスマホの位置を調整する。

生前は住民トラブルのようなものは一切なし。父親の連絡先も書いてあった。

しばらく資料を読みふけっていたけれど、そのうち小さなスマホの画面を眺めるのも疲れてしまって、千夏は「ふぅ」と顔を上げた。

「出てくるのかなぁ」

そんな言葉が口をついて出る。

「毎日出てるらしいからね。今も、ほんのわずかだけど気配は感じてる」

そう元気が部屋の奥をちらちらと見ながら言った。

「……………やっぱり、いるんだ」

「うん。でも、いまはじっと潜《ひそ》んでいるという感じかな。たぶん、動きやすい時間になるまで待ってるんだろうね」

「こういうのって地縛霊、っていうのよね……？」

あまり詳しい霊の種類はわからないけど、いつまでもじっと同じ場所に留《とど》まる霊のことをそう呼ぶ程度のことは知っていた。何かその場所に思い入れがあって、離れられないのだろうか。

「たぶんね。俺も、よく知らないけど」

「元気は、浮遊霊？」

「さぁ、どうだろうね。自分でもよくわからない」

「ああ、そっか。いまはフラフラしてるけど、普段はあのオフィスにいるんだっけ」

今朝、初めて元気の姿を見たときのことを思い出してみる。彼は、生気のない顔をして空いているデスクに座って俯《うつむ》いていた。改めて思うけど、生きている人と変わらないくらいコミュニケーションがとれる今の彼とは、まるで別人だ。

元気は、千夏の疑問に曖昧《あいまい》な苦笑を浮かべた。

「俺だってずっとあそこにいたわけじゃないよ。他に、行くところがなかったから仕方なくあそこにいただけ」

「でも、あそこで亡くなったってわけでもないんでしょ？」

こくんと元気は頷《うなず》く。

「俺、あそこの下の階にある銀行に勤めてたんだ」

「え？　あ、そうなんだ。銀行マンかぁ」

スーツ姿が様《さま》になっているなと思っていたら、やっぱり普段からスーツを着るお仕事だったようだ。

「そう。不動産融資の担当だった。二階にデスクがあってさ。幽霊になってから行くとこなくって、元々自分のデスクがあったあたりをウロウロしてたんだ。そしたら、幽霊が出るって噂がたっちゃって。怖がった職員にお札を貼られて居づらくなったから、上の階に移動したんだ」

なんと、そんな事情があったとは。

「でも、なんで職場にいるの？　元の自宅とかは？」

「借りてたワンルームはいまは別の人が入ってる。……新しい住人が、恋人連れ込んでてさ。そんなところに居座るの嫌だろ？」

「あはは。確かに。他人がいちゃついてるのなんて、見たくないよね。それなら、まだ職場の方がましかぁ」

それは気持ち分かるなぁと笑う千夏に、うん、と元気は神妙な顔で頷いた。

そして、彼は闇に沈む窓の外に目を向けながら、ぽつりと言う。

「俺……彼女にプロポーズしようとして、家を出たところで交通事故にあって死んじゃったんだ」

「え……」

千夏は言葉につまる。元気は、窓の外を見ながらもその目はどこか遠くを見ているようだった。

「最後に見たのは、彼女に渡そうとした指輪が目の前に転がってる光景だった。俺、どんだけついてないんだろうなぁ」

こちらに視線を戻した元気は、目尻《めじり》をさげて笑った。もう全てを受け入れてしまったというような、そんな穏やかな笑み。でも、とても切なく儚《はかな》い光を宿しているような、そんな彼の目を千夏は見ていられなくて彼から目を逸《そ》らすと、膝《ひざ》を抱いてぽつりと返した。

「そっか……」

かける言葉がみつからなかった。千夏が黙っていると、元気は自分から話し出す。

「もちろん、彼女のとこにも行ってみたよ。しばらく、そこにいた。……でもさ。あの日から、もう三年も経つんだ。彼女も、いつまでも同じ所に留まっているわけがないよな。……半年くらい前に、別の人と結婚したんだ。幸せそうだった。これからも、幸せでいてくれたらいいなって……思うよ」

元気の声はとても穏やかだった。かつての恋人の幸せを願う彼の言葉に、一片の嘘偽りも感じられない。彼の口調には未練らしきものは少しも滲《にじ》んではいなかった。

(じゃあ、なんで元気は未《いま》だに、この世に留まり続けているんだろう……)

残した彼女が心配だ、というのならわかる。でも、その彼女は既に新たな人とともに歩み出しているという。なら、なぜ元気だけが昔のまま留まっているんだろう。何か他に未練があって、この世に残っているんだろうか。

「元気ってさ……」

「ん？」

「……人がいいよね。すごく」

「そうかな。そんなこともないと思うけど」

「幽霊なのに」

「幽霊だねぇ」

そんな意味の無いやりとりを交わして、どちらともなくクスリと笑みを漏らす。

そのときは、ここが幽霊物件だということをすっかり忘れていた。

その心の隙をつくように、突然ズンと、部屋の空気が重くなる。

(え………)

ぞわっと、全身の毛が逆立つような悪寒が走った。

反射的に窓の外に目をやると、さっきまで見えていた向かいの建物の明かりや街灯が一切見えなくなっている。ついで、バチバチッという音を立てて天井の照明が明滅。バチンという音とともに、室内の電気がいっきに落ちた。

目の前が真っ暗になって、何も見えない。

手探りで背にしていた壁を触りながら立ち上がる。ごくりと生唾《なまつば》を飲み込む音がやけに大きく響いた。

(寒い…………)

急に室温が下がったように感じられた。春とは思えない寒さだ。

「げ、元気……？」

いままで隣にいたはずの幽霊男の名前を呼んでみるけど、なんの反応もない。そちらに手を伸ばすものの、千夏の右手は空しく空を切るだけ。考えてみたら、彼は実体がないのだからたとえそこに居たとしても触ることなど出来ないんだった。

「元気、どこ……？　いるんでしょ？」

と、そのとき。

……ミーコ……ミーコ……ゴメンネ……ワタシガ……

どこからともなく、濡《ぬ》れた泣き声交じりの声が耳を掠《かす》める。

闇に少し慣れた目をこらして室内を見渡すと、ヌルッと闇夜の中を蠢《うごめ》く影のようなものを目の端にとらえた。

(何か、いる……⁉)

あれは視たらマズイものだ。そう本能が警鐘をならす。心臓の音が、バクバクと高鳴った。闇の中、黒い影はふらふらと移動しているようだった。まるで彷徨《さまよ》っているようでもあり、何かをしているようでもある影。

……ミーコ……シンジャウ……ダレカ……タスケテ……

その影はそう何度も何度も繰り返していた。何が原因なのかはわからないけど、その言葉から焦りと後悔のようなものがひしひしと伝わってくる。

影はまだ、千夏の存在には気付いていないようでフラフラと玄関のほうへと移動していた。千夏は緊張で身じろぎひとつできない。まるで金縛りになったようだ。

あのまま進むと霊は廊下に出てしまうだろう。ご近所の迷惑を考えると阻止しなきゃ。でも、恐怖のあまり早く出て行ってほしいという気持ちがせめぎあう。いや、恐怖で後者の気持ちのほうがはるかに強かった。

怖くて千夏はぎゅっと目を閉じる。

(はやく、出ていって！)

そう心の中で願う。

そうしているうちに、あの声が遠ざかっていった。そして完全に聞こえなくなる。

よかった、廊下に出て行ったんだ、そう思って目を開けたそのときだった。


……ミーコ……ミーコ……ヲ……


千夏の足に女がすがりついていた。

「っ…………！」

思わず目を見開いて息を吞《の》む。女は長い髪を振り乱し、こちらに向けられた目は白く濁っていた。そして、千夏の足を這《は》い上がってこようとしている。

「ひっっっっ!!」

ひきつけを起こしたように千夏は声にならない声を上げる。気を失いそうになったところで、

「その人を脅かすなよ！」

怒気を孕《はら》んだ力強い声が聞こえた。元気の声だ。そう思った瞬間、千夏はすんでのところで意識を保つことができた。

闇に目を凝らすと、元気が女の霊の肩を摑《つか》んで千夏から引き剝《は》がそうとしていた。し

かし、千夏には幽霊に掴まれている感触はないのに、女の霊は千夏から離れない。

「いやっ、こないで!!」

千夏は恐怖のあまり手をがむしゃらにばたつかせるけれど、女の幽霊を通り抜けてしまってどれだけ押しのけようとしても雲を掴むようだった。女はなおも千夏の身体を上ってこようとする。

「くっそ、なんでこんなに力が強いんだ……！」

元気も女の幽霊を引き剥がそうとしてくれているのだけど、うまくいかないようだ。霊の世界では思いの強さが力の強さに影響するのだろうか。物理法則の世界とはまた別の論理で動いているのかもしれない。ふとそんなことを思ってしまうけれど、その間にも女の霊はどんどん上ってくる。

「いやっ、いや！」

もう腰のあたりまで上ってきている女の幽霊を追い払おうとがむしゃらに動かした千夏の手が、幽霊の身体をつかんでいた元気の手に当たる。

その瞬間、バチンと、頭の中で何かがスパークした。大きな静電気が眉間《みけん》のあたりで起こったような衝撃。

え？　ナニコレ？　と思っている間もなく、千夏の視界は一瞬にして真っ白になった。

………。

すぐに視界を覆った白い光は消える。目の前には元気の姿もあの霊の姿も視えていた。アパートの場景も目に映っている。

しかしそれとは別にさらにもう一枚、別の動画が重なるように目の前に他の景色が映っている。

(え？　どういうこと……？)

目に映るもう一つは、どうやら昼間の景色のようだった。窓から、穏やかな日が差し込んでいる。床にはラグマットが敷かれ、壁際にはタンスに本棚。壁の端にはキャットタワーというのだろうか、猫が遊ぶ三段のタワーのようなものがある。

あまり物がなくシンプルな室内だったが、丁寧に暮らしている様子が窺《うかが》えた。

(ああ……これは、かつてのこの部屋の景色……)

千夏は誰かの目を借りて部屋の中を見ているようだった。自由に首を動かせるわけではなく、ただ誰かの身体に乗り移って見ているだけのような感覚。

『ミーコ、どこー？』

若い女性の声だった。器に入れたペットフードを手にして、彼女は部屋で何かを捜している。そのときふと、その視線が掃き出し窓の端を捉《とら》えた。窓は10センチほど開いていた。

『ミーコ!?』

彼女は慌てた様子で窓に取りつくと、窓を大きく開けて外を見る。このアパートの庭とその向こうに見える隣の敷地や道路を焦った様子で見回して何かを捜していた。

『ミーコ！　どこいったの⁉　ミーコ！』

彼女の声は、涙声になっていた。

それから、さらに景色が切り替わる。

今度はどこかの街の中のようだった。

『ミーコ！　どこにいるの。お願い、返事して。ミーコ！』

彼女は駐車場に止められている車の下や路地裏などを捜して回っていた。塀の上から庭を覗《のぞ》いてみたり、空き地の草むらを見てみたり。そうしているうちに、どこかの神社にたどり着く。辺りは雨が降りしきっていた。

『ミーコ！　いたら、お願い。返事して！』

そのとき、どこかから『ニャーン』というか細い声が聞こえた。

『ミーコ？　ミーコね⁉』

その声に彼女ははじかれたように反応する。そしてか細い声を頼りに辺りを必死に捜して、ようやく神社の本殿の床下で一匹の猫をみつけた。青みがかった灰色の体毛に、緑の目をした猫。しかしその猫は後ろ脚にひどいケガを負っているようで床下に横になっていた。

『ミーコ！　ミーコ！　いま、助けてあげるからね！　タスケテ、アゲルカラネ……』

…………。

バチン、と再び頭の中に静電気が走るような衝撃があって、千夏は我に返った。

あの神社の景色はすっかり消え、目に映るのは元の暗い室内のみ。

目の前で、元気が目を丸くして千夏のことを凝視していた。

「なんだ……いまの……。猫……？」

そのひと言で、元気も同じ物を見ていたのだとわかる。千夏は大きく頷《うなず》いた。

「うん。たぶん、この部屋で飼われていた猫だと思うの」

あれはかつてのこの部屋と、どこかの街の景色。そして、あの光景を見ていたのは、目の前にいるこの女の幽霊。あれは彼女の生前の記憶。そう思えてならなかった。千夏は、元気の腕に押さえつけられて今は大人しくすすり泣くばかりの女の霊に声をかける。

「あなたはあの猫のことが未練のあまり、霊としてさまよっていたんですね……松原涼子さん」

名前を呼ばれて、彼女は両手で顔を隠すようにしてワッと泣きだす。

……タスケテ……ミーコ……タスケテ……

そして彼女は徐々に姿が薄く透明になっていき、スーッと空気に溶け込むように消えてしまった。

いつのまにか、重苦しかった部屋の空気がすっかり正常になっている。窓の外にも、街灯の光や向かいの建物の明かりが戻っていた。

パチパチッという音とともに、室内の照明も全て元通りに点《つ》く。

「……もど、った……」

安堵《あんど》した途端、千夏は足から床に崩れ落ちた。

「お、おい……、千夏！」

咄嗟《とっさ》に元気が千夏を支えようと手を伸ばすが、彼の手をするっとすり抜けてペタンと床に座り込む。足に力が入らない。

「あ、ははは……なんか、今頃になって急に怖さがぶりかえして。膝が笑っちゃった……」

なにはともあれ、手がかりは掴めた。あとは、調べてみるだけだ。

それにしても、先ほど見えたあの光景はなんだったんだろう。まるで、霊の記憶を覗いたかのようだった。

「とりあえず、おつかれさま」

「うん。元気も、ありがとう」

一人だったら、きっと途中で気絶していただろう。元気がいてくれたから、乗り越えられた。少し休んでいると足に力が戻ってきたため、千夏は壁に手をついて、よいしょと立ちあがる。

「このままここにいると床の上で眠り込んじゃいそうだから。今日はもう帰るね」

「ああ、それがいいと思うよ」

出勤初日にしては、どう考えたって働き過ぎだ。ぶつぶつと文句をいいながら玄関へ向かい、パンプスを履く。履きながら、ふと気になった。

「元気は、このあとどうするの？　どっかに帰るの？」

そう尋ねると、彼は曖昧《あいまい》な苦笑を浮かべて小首を傾げた。

「別にいくところもないから、あのオフィスに戻るよ」

「そっか……じゃあ、また明日《あした》だね」

照明を消して外の共用廊下に出るとドアを施錠する。スマホをつけてみたら、もう朝の五時近くだった。段々と空が白みはじめている。電車は動いているだろうか。

アパートの階段を降りたら、道路の脇にシルバーのセダンが一台止まっているのが目に付いた。これ、自分がここまで乗ってきた社用車と似てるなぁなんて思いながらその横を通り過ぎようとしたとき、運転席を見て千夏はギョッとして足を止める。

運転席に座っていたのは、見覚えのある目つきのきついイケメン。晴高だったからだ。どうりで見たことがある車だと思った。

「なんで……」

運転席のパワーウィンドウが下がって、晴高がクイッと顎《あご》で後部座席を示した。

「乗れ。家まで送っていくから」

「……なんで、晴高さん。こんなところにいるんですか」

千夏の疑問に、晴高は露骨に大きなため息をついた。

「初心者の部下を、一人で現場においておくわけないだろ。俺はそこまで無責任じゃない」

（いるなら、いると一言言ってくれれば！　どんだけ怖かったと思ってんだ、この男は……!!）

ふつふつと晴高に対する怒りが湧いてくる。しかしそれが精いっぱいで、いまは疲労のあまり言い合いをする気力も残っていなかった。

千夏は幾分乱暴に後部ドアを開けると、どかっと座席に腰を落とした。すぐに車は発進する。晴高に聞かれて家の場所を伝えると、ほんの数分と持たず眠りに落ちてしまっていた。

晴高に自宅まで送ってもらった際、「今日は代休にしとくから、休め」と彼が言うのでお言葉に甘えて一日ゆっくりと休ませてもらった。そして次の日に出社すると、百瀬課長が千夏の姿を見るや否や駆け寄ってくる。

「いきなり晴高くんが無理させたんだって？　彼には私からもよく言っておくから」

と心配する百瀬課長に、

「い、いいえ。大丈夫ですから」

何度も大丈夫です、と笑みを重ねた。

前の会社にいた時は泊り込むことも少なくなかった。それに比べれば一晩の徹夜なんてたいしたことない……はずだったのだけど、霊に触れたせいか、昨日は酷《ひど》い疲労感と眠気とだるさにやられて一日中寝ていたのだ。代休にしてもらえて助かった。

おかげで、今日はすっかり回復。

自分のデスクへ行くと、晴高は黙々とノートパソコンで作業をしていたし、元気は相変わらず空席になっている千夏の隣の席に座っている。

ただひとつ違うのは、元気は一昨日《おととい》のような青い顔をして俯《うつむ》いてなどおらず、千夏の姿を見つけると元気そうに笑いながら手を振ってきたことだ。

まったくもって、幽霊ぽくなくなってしまった。

(元々こういう性格なんだよね、きっと)

千夏が席について「おはようございます」と挨拶《あいさつ》すると、晴高は視線すらあげずに「おう」と呟《つぶや》くだけだし、元気は明るく元気に「おはよう」と返してくる。

うん。出社、実質二日目だけど。これがこれから自分が毎朝みる光景なのだろうなと思うと、存外悪くない。

千夏は早速、あのアパートで経験したことを晴高に報告する。彼はキーボードを打つ手を止めもせずに話を聞いていた。

ちゃんと聞いているのか？　と心配になるものの、一通り千夏が話し終わると彼は

「へぇ……」と感心したような声を出した。

「そんな現象、初めて聞いた……」

「え？　何がです？」

「いや、だからその。霊の記憶が覗《のぞ》けたって話」

そこに食いついてくるあたり、ちゃんと千夏の話には耳を傾けていたようだ。

「やっぱり、珍しい現象なんですね」

「……そうだな。身内に坊さんや、霊能力あるやつは多いけど、そんな話聞いたことがない」

「俺も、初めてだったよ。いままでも他の霊に触ったことはあったけど、あんな風になったことなんてなかった。でも、千夏が俺の手に触れようとした途端、起きながら夢を見ているみたいに別の映像が見えたんだ。がーって頭の中に映像の激流が流れ込んできた感じだった」

と、元気も語る。やっぱり元気も千夏と同じものを見ていたようだ。となるとやはり、あれは極度の恐怖状態から見えた幻覚などではないのだろう。

「あのとき見えたものが本当に涼子さんの記憶なのかどうか、確証はないんですけど。とりあえず、いろいろ調べてみたいことがあるので、涼子さんのご両親に連絡を取ってみてもいいですか？」

千夏が尋ねると、晴高はちらりと元気に目を向ける。

「ああ、それは構わんが。ソレも一緒に調べるのか？」

「それは彼の好きにすればいいかなと思ってますが、また霊の出る現場に行くときはぜひ連れていきたいな、なんて思ってはいます……」

そう晴高の様子をうかがいながら躊躇《ためら》いがちに言う千夏に、はぁと彼は露骨に大きくため息をついた。

「もう一回、忠告しとくけど。霊障とか何かよからぬことがあれば、すぐにそいつから離れろ。直ちに除霊するから」

『除霊』という言葉に、元気がぴくりと肩を動かした。

それに構わず晴高は話を続ける。

「それと。人前でそいつと会話してると完全に危ない奴だぞ、お前」

「…………!!」

たしかにそうだ。千夏の目には元気のことははっきり視えているけれど、他の大部分の人には彼の姿は視えない。その人たちからすると、千夏が一人で虚空に向かって会話をしているように見えることだろう。それはまずい。明らかにまずい。

「……気をつけます」

しゅんと肩を落とすと、元気も「俺も気をつけるよ」と晴高に言う。

「これからは、人前で話しかけてこないでよね」

「それ、お互いさまだから」

なんてついうっかり元気と話していたら晴高に呆《あき》れられてしまう。

「だから、ソレをやめろって言ってんだろ。ほら、いま会議室取ったから、二人で話しながら調べんならそっちでやれ」

というわけで、千夏と元気は会議室に移ることになった。確かにここなら、堂々と元気と話せる。

「まずは、松原さんのご両親に電話してみましょうか。本当に松原涼子さんがミーコっていう猫ちゃんを飼っていた事実があるのか、もしそうだとするとその猫ちゃんがいまどこにいるのかを確認してみないと」

そう言うと千夏は会議室の電話を手に取る。

202号室に出てきた霊は松原涼子の霊で間違いないとは思う。彼女が霊となって彷徨《さまよ》う原因になった未練はやっぱり、彼女が飼っていたとおぼしきミーコという猫に関係することだろう。

千夏は電話番号を打ち込むと、受話器を耳に当てる。隣にいる元気に聞こえるようにハンズフリー通話にした。

静かな室内に、トゥルルルトゥルルルという呼び出し音が響く。

しばらく呼び出しが続いて、留守なのかと電話を切ろうとしたときだった。

「はい」

穏やかな女性の声が聞こえた。

「あ、えと、松原さんのお宅はこちらでよろしいでしょうか。私は、八坂不動産管理水道橋支店の山崎千夏と申します。松原涼子さんがお借りになっていた物件の件でお伺いしたいことがございまして、ご連絡いたしました。いま、お時間よろしいでしょうか」

「はい……」

電話の主は松原涼子の母親だった。はじめは怪訝《けげん》そうな声だったが、お嬢さんはお部屋で猫を飼っていらっしゃいましたか？　と尋ねると、彼女の声のトーンが変わった。

「ミーコが戻ってきたんですかっ!?」

「やはり、お嬢様は猫をお飼いだったんですね」

あのアパートはペット可物件だったので、それ自体は何ら問題はない。ただ、賃貸契約を結んだ当時はまだ何も飼っていなかったためか、ペットに関しての記録は賃貸契約書類の中には含まれていなかったので、いままで本当に飼っていたのかどうかは判然としなかったのだ。でも、これではっきりした。やはり松原涼子はミーコという猫を飼っていた。

「ええ。二年前、だったかしら。お友達から譲ってもらったとかで。ロシアンブルーのとてもきれいな猫だったんですよ。すごく可愛がっていたんです。でも、うっかり逃がしてしまったようで……娘はひどく気落ちして、悔やんでいました。自分が窓を閉め忘れたせいだ、って」

そして、ミーコがいなくなって以降、彼女は時間を作っては、あちこちにミーコを捜しに行っていたのだという。そこまでは、千夏が予想したとおりの展開だった。でも一つ気になっていることがある。それは、母親が先程言った言葉。

「すみません。ちょっとお伺いしたいのですが、……ミーコちゃんはまだ涼子さんのもとに戻ってはいなかったんですか？」

そう尋ねると、電話の向こう側で母親は声に涙を滲《にじ》ませた。

「ええ……あれだけミーコに会いたがっていたのに。結局、見つける前に涼子はあんなことに……。こちらに連絡くださったのは、ミーコがあのアパートに戻ってきたのかと思ったんですが、そうではないんですね」

「はい……申し訳ありません。もしそれらしき猫を見かけることがありましたら、またご連絡いたします」

そして、丁重に礼を述べると、そっと電話を切った。

傍らでずっと電話の内容を聞いていた元気を見上げる。

「ミーコ、まだ見つかってないんだって。どういうことなんだろう？」

元気も首を傾げた。

「俺たち、あの涼子さんの記憶らしきもので見たよな？　猫が逃げ出したあとに涼子さんが捜してる景色と……どこかの神社みたいなとこで、ミーコっていう猫を見つけたところ」

こくんと千夏はうなずく。そうなのだ。千夏たちは、涼子がミーコを見つけた光景を見ている。電話で涼子の母親もミーコはロシアンブルーだと言っていた。それも霊の記憶を通して見た特徴と一致する。

「ケガをしていたからどこかの動物病院に預けたけれど、そのあとご本人が急逝してしまった……ということなのかな」

それが一番妥当な線のように思えた。せっかく見つけたのに家に連れ帰る前に不幸にも涼子は急逝してしまい、猫の所在を家族に伝えることもできなかった……という筋書き。

しかし、元気はまだ納得がいかないといった様子で腕を組んで首を傾げている。

「でも、そうだとしてもだよ？　あんな霊になって彷徨うほどのことかな。動物病院の人が涼子さんの携帯に電話すれば連絡つくだろうし」

たしかに、何かがひっかかる。亡くなった娘のスマホをそんなに早く解約するとも思えないから、きっといまは両親の手元にあるはず。連絡がつかないとは考えづらい。

でも、涼子の霊はしきりに『ミーコ』『タスケテ』『シンジャウ』と言っていた。動物病院にいるのなら、なぜそんなことを周囲の人に訴える必要があったのだろう。

「なあ。俺もさっき気づいたことがあるんだけどさ。涼子さんのものらしき記憶を見たときに、街の中をひたすら捜し回ってる場面あっただろ？」

「うん。見たわね。必死に捜してる想いがひしひしと伝わってきた。本当に、ミーコちゃんのことを大事に思っていたんだろうね」

「あの中にさ、民家の塀をひょいっと飛び越えて内側を覗《のぞ》いてるときがあったの覚えてる？」

「え？」

言われてみれば、そんな景色を見た記憶がある。自動車の下を覗いたり、路地を覗いたりしていて、その次に、ひょいっと塀の上から民家の庭を……。

「あれ、千夏、自分でやろうと思ってできる？」

塀は明らかに目線よりもずっと高かった。二メートルくらいはあると思われるその塀の内側を、あの景色を見ていた人物は助走もつけずにひょいっと覗いて……そして、その場に数秒停止していた。

その事実の意味するところを理解して、千夏の腕にぞわっと鳥肌がたつ。

「……できるはずがない」

「だよな。生きてる人間には無理な動きだと思う。でも、俺にはできるよ？　あまり人間っぽくない動きはしたくないから普段はしないけど、やろうと思えばできる。ほら」

元気は軽くとんっとその場でジャンプする。生きている人ではありえない高さまで飛び上がると、その場から静止して千夏を見下ろした。そして、再びストンと床まで下りてくる。

「じゃあ、ということは」

「そう。あの街でミーコを捜して、そして見つけたのはたぶんだけど、死んだあとの涼子さんだ」

「だとすると、涼子さんは死んだあともミーコを捜し続けていて、そしてついに見つけた……ってこと？」

千夏が言うと、元気が頷《うなず》いて言葉をつなげる。

「しかも、そのときミーコはケガをして衰弱していた。でも、霊になった涼子さんにはミーコを抱き上げて動物病院に連れていくことはできない。だから……」

「夜な夜な徘徊《はいかい》して、助けを求めていた！」

うまくハマらなかったピースがぴたりと合った気がした。それなら、彼女が霊になってまで必死に訴えていたことも、『シンジャウ』『タスケテ』もすべて辻褄《つじつま》が合う。

「ということは、ミーコを早く助けなきゃ！」

ミーコはケガをしているはず。一刻の猶予もなかった。

すぐに会議室を出ると晴高のもとへ行って、事情を説明する。すると、晴高がすぐに社用車を出してくれることになった。

でも、駐車場で車に乗り込んだとき運転席の晴高から、

「それで。場所の目星はついているんだろうな？」

そう言われて助手席の千夏はウッと言葉に詰まる。手掛かりといえば、あの霊の記憶を通して見た神社の外観ぐらいしかない。だけど、都内だけでも神社は数えきれないほどある。そのひとつひとつを見ていたら時間がかかって仕方ないだろう。どうすれば場

所を特定できるのか頭を悩ませていたら、後部座席に座る元気が助け舟を出してくれた。

「神社の住所はわかんないけど、その少し前に涼子さんがミーコを捜していた街の景色なら覚えてるよ。そのとき電信柱に住所が書いてあった。たぶん、そこからそう遠く離れてはいないと思う」

元気が伝えた住所を晴高はカーナビに入れると、すぐに車を出す。道は渋滞もなく、スムーズに進んでいった。車は都内のビルの間を抜けていき、そのうち周りの景色は低層の住宅や建物ばかりに変わっていく。前に自宅へ送ってもらった時にも思ったのだけど、晴高の運転は思いのほか丁寧だ。

それにしても、何の会話もなく車内はシーンと静まり返っていてなんとなく気まずい。晴高に何か話しかけようかとも思ったけれど、運転中に話しかけられるのを嫌うタイプだったら怒られるかもしれないし。どうしようか迷っていると、そんな千夏の迷いを知ってか知らずか、後部座席の元気がひょいと前に身を乗り出して話しかけてきた。

「なぁ、晴高。こないだ除霊しようとしてたじゃん？　般若心経みたいなの唱えてさ。そういうのって、どこで習うの？」

まるで友達のような気やすい元気の口調に、

「話しかけるな、幽霊」

ぴしゃりと冷たく晴高は返す。

しかし、元気はめげる様子もない。むしろ呆《あき》れた顔で、なおも晴高に話しかけた。

「お前、さっきから何度も欠伸《あくび》嚙み殺してんだろ。バックミラーに映ってんぞ」

え？　そうなの？　と千夏は晴高を見る。まっすぐ進行方向を見ている彼の顔は、バツが悪そうにますますムスッとしていた。単調な直進道路。ずっと黙っていたのは、どうやら眠くなっていたせいもあったらしい。

「話でもしてりゃ、眠気も覚めんだろ」

元気にそう言われて、晴高も渋々といった様子で話し出す。

「……俺の実家は寺なんだ。寺自体は兄貴が継いでるが、僧籍は俺も取らされた」

「へえ。修行とかしたの？」

元気は興味津々で聞いてくる。千夏も黙って耳を傾けていた。

「一応な。もともと霊感は強かったが、そこで除霊の方法とかを学んだ。……寺の生活には辟易《へきえき》したけどな」

「朝早そうだな」

「早いというか、夜に起きるのに近い」

彼が修行したお寺はかなり有名で大きなところだったらしく、他にも修行中のお坊さんはたくさんいたそうだ。

淡々と晴高が語る寺での生活は、早朝からの清掃や長時間の座禅、読経、精進料理などなかなか過酷そうだった。そんな場所にクールで人嫌いな印象の強い晴高がいたかと思うと、ミスマッチすぎてなんだかおかしい。

タバコを吸いたくて我慢できず、こっそり隠れて吸っていたら見つかって怒られたなんていう不良中学生のようなエピソードも、相変わらずの抑揚の薄い声で淡々と語るので、千夏は笑いをこらえるのに必死だった。

元気は遠慮なく元気に笑っていたけど。

とっつきにくく終始機嫌が悪そうで無愛想な晴高。彼と一緒に仕事をすることにはじめは不安を感じていたけど、間に元気が入って場を和ませてくれるので、なんだかんだで会話が広がる。これなら、これからもやっていけそうな気がしてきた。

そうこうしているうちに、ナビが目的地についたことを知らせてくる。

（ミーコちゃん。どうか生きていて。すぐに見つけてあげるから）

それが果たせなかった飼い主のために。千夏は心の中で、早く見つけられますようにと切に願った。

晴高と元気の話を聞きながらも、千夏はタブレットで目的の街の近隣にある神社をピックアップしていた。涼子の記憶にあった神社は、鳥居の先の奥まったところに本殿のある神社。地図アプリのストリートビューで確認できる範囲では、それらしい神社が見つからなかった。そこで、怪しそうなところを一つずつあたってみることにしたのだ。

神社のそばに車を止めて晴高が車内で待ち、千夏と元気の二人で境内の奥まで行って本殿を確認するという作業を繰り返す。中にはかなり長い階段を上っていかなくてはならない神社もあって、疲労も段々とたまっていった。

そろそろ階段を見るとうんざりするようになってきていた、八つ目の神社でのこと。階段を上って鳥居をくぐると、その先に見えたのは。

「元気、ここって……！」

「ああ。俺も見覚えがある。この神社だ」

間違いない。涼子の霊の記憶で見たあの神社がいま目の前にあった。ということは、この近くにミーコはいるのかもしれない。

しかし、耳を澄ませてみても、猫の鳴き声らしきものは何も聞こえなかった。境内に人影はない。千夏は本殿でお参りを済ませると、床下をのぞき込んでみた。懐中電灯でくまなく捜すが、ミーコどころか猫一匹みつからなかった。

「ミーコ！　ミーコちゃん！」

千夏は両手を口元にあてて、名前を呼ぶ。けれど、応《こた》えるものはない。

「ねぇ。涼子さんがミーコちゃんを見つけたのはいつごろなんだろうね。ずいぶん前だったら、もしかしてもう……」

ミーコはケガをして衰弱しているように見えた。その状態で治療も受けられずにいたら……。最悪の事態が頭をよぎる。

しかしその不安を、元気はきっぱりと打ち消した。

「さあ。詳しくはわからないけど、もしミーコが死んでいたら涼子さんは助けを求めになんかこないんじゃないかな」

「うん。そうだよね」

しかし、二人でくまなく境内を捜してみたけれど、一向にミーコの姿は見つからなかった。

（どこか別の場所に移ったのかもしれない。もっと広い範囲を捜してみようか……）

そう元気に持ち掛けようと彼に目を向けると、元気はジッと耳を澄ますようにどこかを見ていた。

「どうしたの？」

千夏の問いかけに、彼はすっと腕を上げて神社の裏を指さした。

「あっちで、誰かが呼んでるような声が聞こえた……」

「え？　誰かって……」

そこで、ハッとする。誰が千夏たちを呼ぶというのだろう。

そんなの決まってるじゃないか。ミーコのことを誰よりも心配して、助けたくて、霊になってまで捜していた人。

千夏は元気が指さした方向に走った。

その先には隣家の垣根がある。長年手入れされていないようでぼさぼさになった垣根の間から向こう側を覗《のぞ》いてみると、雑草が生い茂った庭があった。その片隅にボロボロの物置がある。どうやら、扉が壊れて半開きになっているようだった。

「表から回ってみよう」

元気に言われて、千夏も頷く。鳥居のほうへと走って階段を駆け降り、神社の外に出た。脇に止めてあった晴高の乗る社用車の横を走り抜ける。すぐにドアを開けて晴高がこちらに声をかけてきた。

「おい！　どこに行くんだ！」

千夏は立ち止まって振り返ると、晴高に声をあげて答える。

「元気が、あっちから声がしたって！」

そして晴高の反応も待たずにすぐにあの神社の裏手へ向かって走り出した。元気もすぐ横をついてくる。あの垣根の家はすぐに見つかった。人が住まなくなって長い年月放置されている廃墟《はいきょ》のような家だった。赤さびの浮いた門扉には鎖がかけられ、南京錠で施錠がされている。

一応、インターホンを押してみるものの、電源が入っている気配はない。周囲を見渡すと、垣根として植えられている低木は数本が枯れて枝だけになっていた。ここから中に入れそうだ。どうしようか一瞬迷ったものの、

「失礼します」

垣根の隙間を抜けて庭に入った。思いっきり不法侵入なので手早く済ませたい。

千夏は先ほど神社の裏から見えた物置へと駆け寄る。その半開きになった扉から中を覗くと……。

「……いたっ！　いたよ、元気！」

奥に、青みがかった灰色の毛色をした猫が一匹横たわっていた。じっとして動かない姿に一瞬最悪の事態を想像してしまうものの、その猫はのっそりと首をもたげるとうっすらと目を開けて千夏たちを見た。

「よく頑張ったな、お前。いま病院につれてってやるからな」

と、元気。

「うん。本当によく頑張ったね。キミの飼い主さんが、教えてくれたんだ」

千夏たちがここにたどり着けたのは、すべて、涼子が教えてくれたおかげだ。

じんわりと胸が熱くなって、千夏は目頭を拭《ぬぐ》う。

「いま、お水とかとってくるからね」

そう言って車に戻ろうと走りかけると、晴高がこちらにやってくるところだった。彼の手には、ここに来る前にペットショップで購入したキャリーバッグと水などが入った紙袋が握られている。

すぐに紙袋からエサ入れと水入れを取り出すと、キャットフードと動物用のミネラルウォーターをそれぞれ入れてミーコの前に差し出した。

ミーコは人間を警戒していたので、一旦《いったん》物置から離れたところで隠れて待つ。するとしばらくして、ミーコはのっそりと起き上がり、ペチャペチャと水を飲み始めた。

千夏はほっと胸をなでおろす。元気だけでなく、晴高までもが安堵《あんど》した顔をしていた。

そのあとミーコは逃げることもなく大人しく千夏の手に捕まって、キャリーバッグの中に納まってくれた。そしてそのまま車で、急いで近くの動物病院まで連れて行ったのだった。

その日を境に、あのアパートの怪奇現象はぴたりと止んだ。

ミーコは後ろ脚の外傷と骨折、それに酷《ひど》い脱水症状があったものの、入院してからはみるみる回復していった。

そして、退院の日。そのまま、ミーコは松原涼子の両親に引き取られることになった。

動物病院には、涼子の両親だけでなく彼女の弟と妹らしき合わせて四人が迎えにきている。彼らは入院中も頻繁にミーコを見舞いに来ていたようで、すっかり動物病院のスタッフとも親しくなっていた。

一応、引き渡されるところを見届けに来た千夏と晴高に、涼子の両親は深く頭を下げる。

「ミーコをみつけてくださって、本当にありがとうございます。これで涼子も安心して眠れると思います」

彼らの持つキャリーバッグの中で、ミーコは安心しきった様子で丸まっている。

「いえ。ミーコちゃん。元気になって、本当によかったです」

両親には、ミーコがアパートに自分で戻ってきたところを千夏たちが見つけたという風に説明してあった。まさか、涼子の霊が教えてくれたなんて言えるわけがない。

そして、動物病院の前で彼らと別れる。駅へと向かう彼らの後ろ姿を見送っていると、涼子の妹さんが突然立ち止まった。彼女はこちらをパッと振り向くともう一度深く頭を下げる。両親と弟さんはそれに構わず、どんどん歩いていってしまう。彼女が立ち止まったことに気づいていないようだった。

「え？」

淡い水色のワンピースの彼女。顔を上げたその顔には、穏やかな笑みが浮かんでいた。

『ありがとう』

そう、頭の中に声が響く。

「あれ、松原涼子さんだな」

と、隣の元気が言う。

「ミーコが元気になった姿を見届けたかったんだろうな」

と、これは晴高。

「え、えええええっ!?」

元気と晴高の二人には、とっくにわかっていたらしい。てっきり妹さんだとばかり思っていた人は、涼子本人だった。つまりミーコのお迎えに来ていたのはご両親と弟さんだけで、そこに涼子が交じっていたのだ。

涼子はあのアパートの部屋で視た恐ろしい姿とはまるで別人のように、穏やかに微笑んでいた。こちらが本来の彼女なのだろう。もう怖いと思う気持ちはまったくなかった。むしろ、彼女を視ているとなぜかあたたかな気持ちになってくる。春風のようなあたたかさ。

千夏は彼女に向かって手を振る。

「こちらこそ、ありがとう。ミーコちゃんを救ったのは、あなただよ！」

もう一度、涼子は嬉《うれ》しそうに微笑むと、光の粒子が空に昇っていくようにふわりと視えなくなった。

「……逝っちまったな」

ぽつりと晴高が呟《つぶや》く。

「そっか。ミーコちゃんの無事が確認できて未練がなくなったんですね」

千夏はしばらく彼女が昇って行った空を眺める。よく晴れた雲一つない良い天気。隣で晴高がズボンのポケットから煙草を取り出すと、口に咥《くわ》えて火をつけた。

「お前、禁煙してたんじゃないのかよ？」

元気に指摘されるものの、晴高は紫煙を細く口から吐きながらしれっと言う。

「送り火だ。……それにしても、まさか成仏《じょうぶつ》させるとはな」

紫煙はゆったりと空へと昇って行く。

「成仏って、除霊とは違うんですか？」

「似てるようで、全然違う。除霊は言ってみれば、あの世への強制送還だ。本人《霊》の意思とは無関係に、無理やりこの世からはぎとってあの世へ送りつける。未練を残したままだと、当然霊の方も抵抗してくる」

たしかに、さきほどの涼子の姿は、最初アパートで晴高に除霊されそうになったときとはまるで様子が違っていた。

「一方、成仏っていうのは、霊本人がこの世への未練をなくし、納得して自分であの世へ旅立つことをいう」

「じゃあ、成仏の方がいいんですね」

千夏の言葉に、晴高は煙草を手に苦笑した。

「そりゃ、そうするに越したことはないが、そうそう全部にかかわってもいられないし、そもそも未練に凝り固まって話すら通じないやつも少なくないからな。悪霊化してしまってたりしたらなおさらだ。彼女だって、もしあのままミーコの命が尽きていたら、どうなってたかわからん」

「そう、なんですね……」

あんな風に穏やかに彼岸に逝けるのならば、そちらの方がいいに決まっている。なんとか間に合ったことに、心からホッと胸をなでおろす。

そして、隣の幽霊男のことを見上げた。

「元気は、なんの未練があってここに残ってんの？　いつか成仏すんの？」

千夏に聞かれて、元気は小首をかしげた。

「さぁ。自分でもよくわかんないんだよな」

そこに晴高が、

「除霊するか」

なんて口を挟むものだから、元気は晴高からすすっと数歩離れた。

なにはともあれ、こうして千夏が抱えた初事案は無事解決したのだった。

その後、千夏たちは職場へと戻る。帰社したのが夕方だったため、今回の報告書を書いていたら、気がつくとオフィスに残っているのは千夏だけとなっていた。

とはいえ、隣の席に元気が座っているので寂しさはない。彼は、千夏から借りたタブレットを熱心に眺めていた。今見ているのはニュースサイトのようだ。

「そろそろ帰ろうかと思うんだけど」

「ああ、うん。じゃあ、このタブレット返すよ。貸してくれてありがとう」

そう言って、元気は柔らかく笑う。

晴高から聞いたところによると、元気は千夏が配属されてくるまではその席に座って、俯《うつむ》いたまま終始ぼんやりしていることが多かったようだ。ときどき場所を変えることはあるものの、大半の幽霊と同じでただ虚《うつ》ろに佇《たたず》んでいたという。

でも、話しかければ意思の疎通ができる相手にずっと隣の席でぼんやり俯かれているのはなんだか落ち着かない。そこでタブレットを彼に貸してあげたところ、とても喜んでくれた。三年も幽霊をやってきて、知的刺激に飢えていたのかもしれない。

「それじゃあ、また明日《あした》」

「ああ、気を付けてね」

千夏はトートバッグにタブレットを仕舞うと、肩にかける。

オフィスの出入り口まで歩いていくと、壁際にある照明のスイッチをオフにした。パッと室内の照明が消えて、光源は非常出口のおぼろげな緑の明かりだけになる。

オフィスを出るとき一度振り返ると、窓からの淡い光に照らされた彼の後ろ姿が見えた。真っ暗な広いオフィスにぽつんと一人残され、静かに俯き加減で座るその姿はまるで幽霊のように見える。幽霊だけど。

ころころとよく表情を変え、よく笑い、よく喋《しゃべ》る彼と、精巧に作られたオブジェのように微動だにしない俯いた彼。まるでスイッチがオンオフするかのようだ。

千夏はオフィスを出てエレベーターへと向かったものの、さっき見た元気の姿が脳裏にこびりついて離れないでいた。

彼も生きていたころは、仕事が上がれば自宅に帰ったり飲みに行ったり、友人や彼女と会ったり、そうやって普通に暮らしていたのだろう。でも、今の彼にはほかに帰るべき場所もなければ、休めなくてはいけない肉体もない。いまの彼はああやって毎晩、ただ夜が過ぎるのを待っているんだろう。眠ることもなく、一人っきりで。

エレベーターが昇ってきた。一階から二階へと表示があがってくるのを見上げながら、ふとこんな思いが頭をよぎる。

(別に、この場所でなくてもいいんじゃない？　元々特に思い入れがあるわけでもなさそうだったし)

それに、なぜか千夏自身が彼をこんなところに一人で置いておきたくなかった。

そう思ったらもう、足が勝手に動き出していた。背後でチンとエレベーターが三階についたと音で知らせる。

けれど、千夏の足はオフィスへと踵《きびす》を返していた。オフィスのドアを開けると、うつむいて座る彼の背中に声をかける。

「ねぇ！　元気！」

突然響いた千夏の声に、彼が驚いたようにこちらを振り向いた。

「びっくりしたぁ。どうしたの、忘れ物？」

「そう。忘れ物なの」

すたすたと元気のもとへ歩いていくと、彼は戸惑った様子で千夏を見上げる。手を伸ばして彼の腕をつかもうとするけれど、その手はスカッと空を切った。

(そうだ。つかめないんだったっけ)

あははと笑って腕を引っ込め、元気の目を見る。

「あのさ。あなた、夜はいつもそこでじっとしてるんでしょ？」

「ああ、うん。そうだけど……」

千夏は、「じゃあさ」と笑いかけた。

「うちに来ない？」

元気の目が大きく見開かれるのがわかった。

「……え？」

「だからさ。ずっとそこに座っててもつまんないでしょ？　うちに帰ればタブレットもまだ貸してあげられるし、パソコンとかテレビもあるから、あなたも楽しめるんじゃないかなって思って。……それとも、ここにいなきゃいけない理由とかあるの？」

元気は困ったような焦ったような顔で千夏から視線を逸《そ》らし、口元に手を当てて考えるしぐさをする。

「別にここにいなきゃいけない理由もない、けど……」

戸惑いがちに零《こぼ》れ落ちた言葉に、千夏はパッと笑って。

「じゃあ、いいじゃない。うちにおいでよ。缶ビールくらいなら、おごるわよ」

まだしばらく元気はどこか照れ臭そうに迷っていたが、ビールにつられたのかコクンと頭を縦に振った。

「それなら……お邪魔させてもらおうかな」

「ええ。是非どうぞ」

そう言うと二人の視線が絡み、どちらともなく笑みがこぼれた。

千夏の家は、品川《しながわ》の住宅街にある賃貸の1LDKマンションだ。

帰宅すると、ひとまず部屋干ししていた洗濯物を隣の洋室に放り込んでから、玄関で佇んでいる元気に声をかける。

「ちらかってるけど、どうぞー」

「……お邪魔します。結構いいとこ住んでんね。家賃高くない？」

「んー。築年数結構たってるしね。駅からちょっと歩くから、そうでもないよ。そっちの個室は、私の部屋だから入らないでね」

幽霊とはいえ、一応相手は同年代の男性なのでそう念を押すと、元気は苦笑した。

「入らないよ」

「こっちのリビングで過ごす分には、好きにしてくれればいいから。さて。とりあえずお腹すいたから、ごはん作っちゃうね」

自室でスーツを脱ぎ、いつも部屋着にしているスウェット上下を手にとって、ふと考えた。ちょっとヨレヨレすぎる。幽霊に気を遣うのもどうかと思うが、あまりヨレッとしたところを見せるのもなぁとしばし考えて、買い置きしてあった新しいロングTシャツとスウェットのズボンをクローゼットから取り出した。

「よし。とっとと作っちゃお」

着替えてキッチンへ行くと、カウンター越しに元気の姿が見えた。彼は、レースカーテン越しに窓の外を眺めている。

また、あの幽霊然とした俯き加減のぼんやりスタイルになっていたらどうしようかと思ったけど、いまのところそんな様子はなさそうだ。

「テレビ、つけようか？」

「ああ、うん。ありがとう。なんか、手伝えたらいいんだけど」

「幽霊なのに、そんなこと考えなくていいから。待ってて、いま、夕飯つくるわね」

笑ってソファの上に転がっていたリモコンを手に取り、テレビをつけた。バラエティ番組の音声が、静かだった室内を急ににぎやかにする。

「あ、俺、別に飯とかいらないよ」

確かに幽霊は食事を必要とはしないだろう。でも、初めて元気と会った日、彼はサブレーを食べて「うまい」と涙を流していた。ということは、味はわかると思うんだ。

「ちょっと味見くらいしてって」

そういうと千夏はパタパタとキッチンへ戻って、帰りに寄ったスーパーの袋を開ける。買ってきたのは、50％引きになっていたお刺身。それに、みょうがとシソと春キャベツ。

今日の献立は、海鮮丼と春キャベツの味噌《みそ》汁だ。

調理をしながら、食器棚からどんぶりを二つ取り出して、はたと考える。

元気の分は、どれくらいの量にすればいいんだろう。サブレーを食べていたときも、元気が食べていたのはサブレーの幽体ともいうべき半透明なサブレーで、実体そのものはデスクの上に残ったままだった。

ということは、元気に夕飯を出しても、それはそのまま残ってしまうのだろう。

（ま、あとで私が食べればいいか）

そう考えて、どんぶりにいつもの半分ずつご飯をよそった。そして、ちぎった海苔《のり》の上にお刺身を載せ、さらに刻んだみょうがとシソ、それにゴマを散らす。

「はい。簡単海鮮丼のできあがり、と」

早速ダイニングテーブルに運んで、ソファに座ってテレビを見ていた元気を呼ぶ。

「うわぁ、すげぇ。……これ、俺の分？」

「そう。残ったものは私が食べちゃうから、遠慮しないで」

千夏の座る向かいの席にセットされた、丼と味噌汁を見て元気は目を丸くした。コップに麦茶をそそいで差し出す。

「ほら、座って。あ、そっか。私が椅子を引いてあげなきゃだめか」

一度立ち上がって元気の側の椅子を引いてあげると、再び自分の席に戻って千夏は手を合わせた。

「じゃあ、いただきまーす」

席についた元気も手を合わせる。

「いただきます」

元気は初めこそ戸惑っていたようだったけど、箸《はし》を手に取ると目を輝かせた。きっと、生前は食べることが好きだったんだろう。千夏もまず味噌汁を手に取って口をつける。

「うん。おいしい」

しゃきしゃきとした春キャベツの甘みが、味噌汁の塩気と混ざり合って優しい味になっている。海鮮丼も、お刺身が新鮮で醬油《しょうゆ》のかかったごはんともよく合う。どんどん箸が進んだ。ふと、向かいの席の元気に目をやると、ぱくぱくと大きな口で海鮮丼をかきこんでいた。

「お口にあったかな？」

「うん、めちゃめちゃ美味《おい》し……っ、げほっげほっ」

突然咳《せ》き込み始めた元気。とんとんと拳《こぶし》で胸をたたきだした。急いでかきこんで、喉《のど》に詰まったようだ。

「ほら、お茶飲んで。お茶」

麦茶のコップを渡してやると、元気はそれを手に取ってごくりと飲み干した。

「……ああ、死ぬかと思った」

「ご飯なんかで何度も死なないで」

「あはは。そうだね……なんか俺、泣きそう。この味噌汁もめちゃめちゃうまい」

箸を止めると、元気はしんみりと目の前にある料理を眺める。

目にうっすらと光るものが見えるのは、きっとご飯が喉につまって咳き込みすぎたせいだけではないだろう。その姿を見ていると、千夏の胸にもグッと迫るものがあった。

なぜだろう。この人が嬉《うれ》しそうにしていると、私も同じように嬉しくなる。

そしていつ見ても不思議だけれど、料理の実体自体は全く減ってはいない。元気の手にある半透明の丼の中身は、彼が食べるのに合わせてちゃんと減っていた。食べてくれているのがわかるのは、うれしい。食べてくれる人がいれば、作り甲斐《がい》もあるというものだ。

「何度でもつくってあげるってば。これから毎日でも」

つい『毎日』という言葉をつけてしまって、自分で、え？　毎日ってどういうこと？

と内心焦った。確かに元気と一緒に帰ってきて、買い物して、ご飯を食べるのはなんだかとても新鮮で、心浮き立つのを隠すのが大変なくらいだった。毎日でもできたらいいな、って思ったのは本当だけど。

「え……それは、さすがに悪いし……」

元気も目を泳がせ、戸惑うように言う。でも、もう後には引けなかった。引きたくなかった。

「ど、どうせ！　私は食べないと生きていけないんだから」

今考えた取ってつけたような理由だったけど、元気は納得したように、

「そっか……」

と呟《つぶや》き返す。

食事が終わったあと、引き揚げた食器に残っていた元気の分。食べてみると、乾燥してパサパサになっていた。しばらく食卓に置いておいただけにしては乾燥が進みすぎている気がする。おそらく、幽霊が食べるというのはそういうことなのだろう。

思えば祖父母の家の仏壇に供えていたご飯も、ガビガビのガチガチになっていたっけ。

食器の片付けが済むと、千夏はシャワーを浴びた。元気にもシャワーか風呂《ふろ》を使うか聞いてみたが、いらないと言われる。パジャマに着替えてバスタオルで髪を拭きながら千夏は自室に戻り、クローゼットから薄手の毛布を一枚ひっぱりだしてきた。それをリビングのソファの上に置く。

「はい、毛布。ベッドは一つしかないから、寝るならソファを使って。あとはあっちの部屋に入ってきさえしなければ、タブレットも自由に使って良いわよ」

「ああ、ありがとう」

元気は毛布を手にした。やっぱり元気が手にできるのは毛布の幽体だけで、実体はソファの上に置かれたままだ。

「それじゃ、おやすみ」

「おやすみ。あ、あのさ」

就寝の挨拶《あいさつ》を交わして、自室に戻ろうとした千夏を元気が呼び止めた。

「今日は、ありがとう。でも、俺、幽霊だから。そんな、気、遣ってくれなくていいからな？」

元気はそんなことを言うが、夕飯を出したときも、お風呂はどうか聞いたときも、そして毛布を渡したときも、いつも彼は嬉しそうな顔をするのだ。本人は無自覚なのかもしれないけど、何か人間扱いされると彼はいつも顔に出るほど嬉しそうにする。

そんな彼を見るのは、嫌じゃない。

「いいの。私が好きでしてるだけだから。じゃあ、おやすみなさい」

「ああ、おやすみ」

パタンと自室のドアを閉めると、そのドアにもたれて千夏は小さく息を吐いた。

（何やってるんだろう、私……）

家にまで連れてくるなんて、どうかしてると理性が告げる。

それなのに、なんでこんなにも元気の世話をやきたくなってしまうんだろう。

疑問に思いつつも、千夏は湧き上がってくる仄《ほの》かな気持ちに気づきはじめていた。

この気持ちには、覚えがある。

相手は幽霊なのに。そんなこと思っちゃいけない相手なのに。

理性に反して、気持ちはどんどん彼に寄っていってしまう。

でもその半面、仄かに生まれ始めた恋心が怖くもなった。

前の彼氏に、別れてほしいと告げられた日の記憶が棘《とげ》となって心の奥にまだ刺さり続けている。

振られた直後は、新しい彼氏を作って見返してやるんだ！　なんて意気込みもしたけれど、日が経って落ち着いてくると、またあんな惨めで辛《つら》い思いをするのなら一生恋なんてしなくていいやという気持ちに変わっていた。

それなのに、なぜ元気にこんな気持ちを抱いてしまうんだろう。

自分がどうしたいのかわからない。どうしていいのかわからない。

考えれば考えるほど心の中がぐちゃぐちゃになりそう。

そうだ。こういうときは、ビールでも飲んで何もかも忘れて寝てしまうに限る。

と、そこまで考えてから千夏は「あ！」と声を上げた。

元気に缶ビールを出してあげるのを忘れていた。

第2章　飛び降り続ける霊

「ふぁ……」

ベッドの上でアクビをすると、千夏は床に転がっているスリッパに足を突っ込んでカーテンを開けた。今日はいい天気。上機嫌でパジャマから部屋着に着替えると、リビングへ続くドアを開けた。

「おはよー、元気」

夜間はいつもリビングにいる同居人に声をかける。

彼は、今朝はダイニングテーブルのところにいた。椅子に座ってテーブルに置いたタブレットを見ていた元気が顔を上げる。

「あ、おはよう」

この幽霊男を職場から毎日連れ帰るようになってから、もう一か月が経とうとしていた。これもある意味、ルームシェアと言うのだろうか。

彼は眠る必要がないので、夜はリビングで好きに過ごしている。とはいえ、本人がイヤホンを装着できないため、テレビや動画など音が出るものは夜中はあまり使わないようにしているようだ。別にそのくらいの音、うるさいとも思わないのに。そのあたり、妙に千夏に気を遣っているらしい。

ちなみに彼は死んだときにスーツを着ていたらしく、ずっとその姿のままだった。でも休日までその格好でいられると千夏が落ち着かないので、彼と同居するようになった週末にショッピングセンターに行って男性物の私服やルームウェアを何枚かずつ買ってきた。そんなわけで、いま彼が着ているのはTシャツとハーフパンツだ。

「何、見てたの？」

ひょいっとのぞき込んでみると、タブレットの画面には折れ線グラフやら数字やらがたくさん表示されていた。

元気は、タブレットのタッチパネルなら一応自分で操作することができる。

晴高いわく、タッチパネルは人間の発する微弱な電流を利用して操作するものなので、幽霊もなんらかの電気を帯びていることが考えられるから特に不思議なことでもないらしい。

「なにこれ。証券会社のサイト？」

「うん。昔、株とかやってたから。懐かしくて」

「へぇ……」

前から思ってたけど、元気は案外ハイスペックだと思う。死んでいる、という最大のウィークポイントを除けば、だけど。

背も高いし、顔もそこそこ整っている。晴高みたいなキレイ系のイケメンではないけれど、人懐っこくて笑うと案外可愛い。

そのうえ、元・都市銀の銀行マンだけあって経歴も申し分なかった。前に大学時代の話になったついでに出身大学を聞いてみたら、日本人なら大抵の人が知っている私大の経済学部出身だった。

生きているうちに出会えてたらなぁなんて思わなくもないが、その頃、元気には既に結婚を考えるような彼女がいたんだっけ。

千夏は朝ごはんの支度をしながら、カウンター越しに元気に話しかけた。

「今日、パンでいい？」

「ああ、うん。ありがとう。なんか、悪いね、いつも」

そんなハイスペックな彼だからこそ、いま千夏の家に居候状態で過ごしていて家事の一つも手伝えないことに、どうやら本人は後ろめたさを感じているみたい。言葉の端々に、そんな感情が時折滲《にじ》むのがわかる。

「だから、別にいいって言ってんでしょ。あなた、幽霊なんだから」

「そうなんだけどさー。あああ、せめて俺の昔の口座が使えればなぁ」

「え？　口座？」

パンをオーブントースターに入れて、卵とベーコンをフライパンで焼きながら千夏は聞き返した。

「そう。大して趣味とかもなかったから、それなりに貯金があったはずなんだ。でも、死んだから口座は凍結されて、とっくに両親のところに行ってるんだろうな。相続人って、両親ぐらいしかいないし」

焼きあがったパンとベーコンエッグを半分にして、二枚の皿に分けた。それとコーヒーを二カップ。時間がないのでインスタント。それが今日の朝ごはんだ。

元気が使っていたタブレットをかたづけると、朝ごはんをテーブルに並べた。

「そっか。亡くなった人の銀行口座は使えなくなるっていうもんね。どこの銀行の口座持ってたの？」

「俺の勤めてた銀行」

「ああ、そうか。銀行員なら自分とこの銀行に口座作るよね、普通。でも、今更お金なんてどうするの？」

当然だが、幽霊が幽霊として存在する分にはお金なんか使わない。

朝食を並べ終わって席につくと、二人で手を合わせて「いただきます」をする。パンにはバターを塗って、その上にさらにいちごジャムを重ねた。カロリー高いけど、朝だからいいことにしよう。

「そしたら、ずっと千夏にタブレット借りなくても自分の金で買えるのになぁって。それに、服買ってもらったり、いろいろと出費あるでしょ？」

千夏はカリッと食パンをかじりながら、「うーん」と唸《うな》る。

「別に、私が好きでしてることだから気にしなくていいってば。どうせ、元気が食べてるソレだって、私があとで食べるんだし。ああでも、元気が株とかしたいっていうんなら、私の名義でしてもいいよ？　はじめの原資くらい貸してあげられるし」

「え……ほんと⁉」

元気の目が輝く。まるで欲しかった玩具《おもちゃ》を買ってもらえた少年のような顔だ。

なんだか、ますます人間っぽくなってきたなぁなんて元気の笑顔を見ていると不思議に感じた。いや、もともと人間ではあるのだけど、以前はもっと他の幽霊と同じように幽霊っぽかったのに。最近ではついうっかり、彼が幽霊だということを忘れそうになる。

ほかの人もいる場では、話しかけないように気をつけなきゃ。

朝ごはんのあと、いつものように一緒に電車を乗り継いで水道橋にある職場まで向かった。いつものように出社すると、これまたいつものように晴高は既に出社していて仕事を始めていた。千夏が自分のデスクにカバンを置くと、晴高がデスク越しに一束の資料を渡してくる。

「それ、今度の日曜の夜に現場を見に行くから、目を通しておいてくれ」

「日曜の夜……ですか？」

ファイルを手に取ってパラパラとめくる。この案件もやはり幽霊物件だった。

今度の案件は、『飛び降り続ける霊』が出るというマンションのようだ。

八坂不動産管理が管理業務を請け負っている分譲マンションで、管理組合からの心霊現象をなんとかしてほしいとの要請らしい。

なんでも、深夜にマンションの上階から飛び降りる人影を見たという人が何人もいるらしい。自殺か？　事件か？　と驚いて、人が落ちたと思《おぼ》しき場所に行ってみても、そこには誰もいない。そんな事がたびたび起きているのだそうだ。

「そのマンションで過去に飛び降り自殺した人の霊とか、そういうのなんですかね」

「その可能性は高いな。ただ、いかんせん、築年数の古いマンションなんでな。うちが管理を請け負い出した二年前以降の記録ならすぐに見られるが、それ以前の他社に管理を依頼してた時代のものはさっぱりわからん。一応新聞やネットを調べてみたが、何も引っかからなかった。飛び降り自殺なんて珍しくもなくて、いまどきニュースにもならないんだろう」

そんなわけで次の日曜日の夜に社用車で向かった現場は、都心へのアクセスも良い閑静な住宅街だった。そこに建つ十四階建てのファミリー向けマンション。築年数二十年ほどで、戸数百五十程のそこそこ大規模なマンションだ。

飛び降りる霊は、目撃される場所も目撃されたときの状況も毎回同じ。いつも、日曜日から日付が変わったあとの月曜日の夜の二時前後に目撃されている。

霊がよく出没する地点は、最上階十四階の共用廊下。その一番奥の辺りだった。廊下には千夏の胸ぐらいの高さの落下防止柵《さく》はあるものの、柵の向こうに頭を出して下を覗《のぞ》き込むとかなりの高さだった。目がくらみそうになる。

「うわぁ……こっから落ちたら一たまりもないですね」

「こういう現場で、そういうことするなよ。悪意のある霊に引っ張り込まれるぞ」

冗談とも本気ともつかない淡々とした晴高の言葉に、千夏はヒエッと身体を引っ込めた。こんなところから引っ張り落とされたら一巻の終わりだ。

「幽霊男、何か視えるか？」

晴高に尋ねられ、元気は「うーん」と小首を傾げる。

「気配は若干感じる。でも、かなり薄いかな。隠れてるというよりは、もともとそんなに強くない」

「まあ、落ちるだけで他に何か悪さするような霊じゃないみたいだしな。気にしなきゃいいんだろうが」

いやいやいやいや。晴高はその程度のことなら気にしないかもしれないけど、住んでる人にとっては大問題なんじゃないだろうか。生きている人間にとって、自殺する瞬間を見せられるのは薄気味悪いどころの話ではないもの、と千夏は心の中で突っ込んでおく。現に、ネット上で『心霊マンション』として話題になったこともあって、ちらほらマンションを売りに出す人も出てきているそうだ。

「とにかく、その霊本人を実際に視てみないことには始まらないな」

というわけで、千夏と元気は十四階にそのまま待機し、晴高は一階の落下地点で待つことになった。

このマンションは『く』の字のような形をしていて、その真ん中にエレベーターが設置されている。いつも霊が出るのはその廊下の端にある『1401号室』の前あたり。出没地点にあまり近づきすぎると霊が出てきてくれないかもしれないので、千夏たちはエレベーターホールに隠れるようにして廊下の端を観察していた。

深夜に霊が出る場所にいるのは正直いって気持ち悪いけど、元気がそばにいてくれるので安心できる。

「出てきてくれるかな」

壁に隠れるように頭だけ出して、廊下の先を見つめながら千夏は呟《つぶや》いた。

「さあ。出てきてくれるといいよね」

深夜だけあって、マンションには人通りもほとんどない。

腕時計を見ると、夜の一時四五分を過ぎたころだった。霊がよく目撃される時間帯は夜中の二時頃。そろそろかな、そう思ったときだった。

元気が、耳元で小さくささやく。

「あれ」

彼が指さした先。

いつの間に、そこに現れたのか。廊下の先に一つの人影が見えた。

しかしエレベーターを使った形跡はなかったし、どこかの部屋のドアが開く音もしなかった。

つまり、あの人影は音もなく突然そこに現れたことになる。

ぞわと千夏の腕に鳥肌が立った。あれは、人ならざるものだ。

ソレは、人影のように見えた。でも、どうにも輪郭がおぼろげだ。人の形をしているのに、目を凝らしてもはっきりとした輪郭がつかめない。

廊下の照明の下をふらふらと頼りない足取りでこっちに向かって歩いてきたかと思うと、途中で向きを変えて今度は背中を向けて後に戻っていく。そうやって、廊下を行ったり来たりしていた。

千夏はスマホの連絡アプリで晴高に霊が出たことを報告する。晴高からは、「わかった」と一言だけ返ってきた。相変わらず、必要最小限の言葉しか返ってこないが、既読スルーされなかっただけマシだと思ってしまうあたり、だいぶ晴高の人となりにも慣れてきたのかもしれない。

「元気、どうする？　近づいてみる？」

「どうするもなにも……あ、ほら」

どう接触しようか迷っていたところ、霊らしき人影は1401号室の前で動きを止めた。そして廊下の落下防止柵にとりつく。なんだか、下を覗きこんでいるようにも視えた。

千夏と元気は互いに目を合わせて頷《うなず》き合うと、静かに人影の方へと近寄った。

「……そこで、何をしてるんですか？」

思い切って、声をかけてみる。でも、人影は柵にくっついたまま動かなかった。

遠目に視たときはおぼろげな輪郭だと思ったけれど、この距離まで近づいてようやくどんな外見をしているのかが千夏にも判別できる。

ソレは男性の霊のようだった。歳のころは千夏と同じか、もっと若いくらいだろう。紺色のスーツを着ていて、胸にビジネスカバンを抱きしめていた。

彼は、柵から頭を突き出してジッと下を覗き込んでいる。こちらのことは目にも入っていないようだ。

その姿は、飛び降りるのを迷って葛藤《かっとう》しているようにも視えた。

死ぬ前も、彼はそうやってここでジッと下を眺めていたんだろうか。長い間葛藤して、迷って。それでも、飛び降りてしまったんだろうか。

死んだあとも、彼はそれを何度も繰り返している。もしかしたら、彼は自分が死んだことに気づいていないのかもしれない。同じ苦しみを味わい続け、同じ死の瞬間を迎え続ける。そんなことを思うと千夏には彼が気の毒に思えてきて、もう一歩近づくと再度声をかけた。

「……あの……」

そのとき、うつむいて動かなかった霊がのっそりと顔を上げた。ゆっくりとこちらを振り向く。

その顔を視て、千夏は凍り付く。

こちら側に視えていなかった顔の半分はぐちゃぐちゃに潰《つぶ》れていた。割れた頭蓋《ずがい》が皮膚の間から視え、その中にあったであろう中身と血が肩や髪にこびりついていた。

……アブア……

ヒューヒューと空気が漏れるような音が混ざる、うめき声。男の霊は、千夏に手を伸ばしてきた。

驚きのあまり逃げることもできず、千夏はその霊の姿から目を離すことすらできない。霊の指が千夏の顔にあと少しで触れそうというところで、千夏の後ろにいた元気が霊の腕を摑《つか》んだ。

「汚い指で、触るなって」

驚いたのか霊は手を引っ込めようとしたが、元気が手首をシッカリ摑んでいるので離れない。霊は戸惑っているようだった。それもそうだ。まさか他の霊に腕を摑まれるとは思ってもみなかったのだろう。

ヤダ……モウ……イヤダ……モウ、イキタクナイ霊は何度もそう繰り返す。

「いきなり邪魔してごめんなさい。だけど、教えてほしいの。なぜ、あなたは何度も飛び降りようとするの？」

千夏も霊に問いかける。元気がいてくれるおかげで、凄惨《せいさん》な顔をした霊が相手でも怖い気持ちはかなり小さくなっていた。しかし霊は千夏の声は聞こえていないかのように、ぶつぶつと同じことを繰り返すばかり。

そのときふと、松原涼子の霊と接したときのことが頭に浮かんだ。あのとき、涼子を摑む元気に触れたら、彼女の記憶のようなものが頭の中に流れ込んできた。もしかしたら、同じ状況になればまた同じことが起こるんじゃないだろうか。

「ごめんなさい。ちょっと、試させて……」

そう断りながら、千夏は元気の腕に触れた。目には触れたように見えても、手には何の感触もない。それでもバチンと、頭の中で何かがスパークした。大きな静電気が起こったような衝撃。

………。

一瞬、視界がホワイトアウトする。視界を覆った白い光はすぐに消えるが、目の前の景色にもう一枚、別の景色が重なって見えた。

そこは、どこかのオフィスのようだった。

目の前には、窓を背にして鬼のような形相をした壮年のサラリーマンが立っている。男は書類の束を乱雑に掴んでいた。何か激しい口調で執拗《しつよう》に叱責《しっせき》される。そのうち、男が手に持った書類の束を顔に投げつけてきた。

『申し訳ありません』

そう何度も繰り返した。何度も頭を下げた。

足元に散らばる資料が、滲《にじ》んで見えた。

急に視界が変わる。

今度はどこかの路上に立っているようだ。自分の周りを次々と人が通り過ぎて、目の前にあるオフィスビルに飲み込まれていった。

『行かなきゃ』

そう呟くものの、足が動かない。胃を突き上げるような激しい吐き気が襲ってくる。

『だめだ、行かなきゃ。僕が行かないと、みんなに迷惑が』

視界が滲んだ。

『…………行きたくない』

…………。

バチン、と再び頭の中に静電気が走るような衝撃があって、千夏は我に返った。その途端、足の力が抜けて床へ崩れ落ちそうになる。

その寸前、誰かに後ろから身体を支えられた。

「大丈夫か？」

聞こえてきた落ち着いた声。晴高だった。いつの間に十四階まであがってきたんだろう。彼の息は少しあがっていた。

「……はい。いっきに流れ込んできて」

そのままゆっくりと座らされ、ようやく、ほうと息を吐いた。

元気に掴まれていた男の霊は驚いたのか、今日は飛び降りることなくそのままスッと消えてしまった。

消えた後をじっと見つめながら、ぽつりと元気が言う。

「パワハラが原因の自殺だったんだろうな」

その言葉に千夏も頷く。やはり今回も元気にも千夏と同じものが見えていたようだ。

「うん。会社に行きたくない。行くのが辛《つら》いって……。この霊が出没するのが日曜から月曜にかけての深夜っていうのも、そういう理由だったんだろうね」

「月曜の朝は、自殺者も一番多いらしいからな。ほら、立てるか？」

晴高に腕をひっぱりあげられて、千夏は立ち上がる。

彼に死んでいることを気づかせるためには、どうしたらいいんだろう。もう死んでいるんだから、会社に行く必要も、嫌な上司と顔を合わせる必要もないのに。

そんなことを考えていたら、晴高がいつもの仏頂面よりもさらに目つきを険しくする。

「あんまり霊に感情移入するな。お前が霊と同調してるのを初めて見たが、その方法は危険だな。下手するとあっちに引っ張り込まれるぞ」

「え……、そうなん、ですか……？」

戸惑う千夏に、

「もうその方法はやめた方がいい。やっぱり俺が全部除霊する」

晴高はきっぱりとした口調で言い捨てる。

「で、でも。こうすると、霊の未練とか掴みやすくて」

「だからって、危険を冒してまでお前がそれをする必要はないだろ！」

つい声を荒げてしまってから、晴高はここが深夜のマンションだということを思い出したのかハッと口をつぐむ。そして、千夏に睨《にら》むような視線を向けると、その腕を掴んで大股《おおまた》でエレベーターホールの方へと歩き出した。

「わ、ちょ、ちょっと。待ってください！」

そう千夏は抗議の声をあげるが、晴高は止まらない。そのままエレベーターホールまで来ると、十四階で止まったままになっていたエレベーターに引っ張りこむようにして乗り込み、叩《たた》くように一階のボタンを押した。

千夏は晴高の様子に驚いて、もはや声すらでない。

「おい。お前どうしたんだよ」

元気が晴高に怪訝《けげん》そうに声をかけるも、晴高は元気をもキッと睨みつけた。

「なんでお前はそんなにのんきにしてられるんだ。ああ……そうだよな、お前は幽霊だが、幽霊自体については素人だもんな。いいか、よく聞けよ、お前ら。霊は、人間と同じで良い奴ばかりじゃない。いや、死んだときの思いに固執しやすいから悪質なのも少なくない。いままでお前らが同調してきた奴らが、たまたま善良な魂だったから良かったものの。そんな悪質なのとシンクロしてみろ、あっち側に引っ張られたまま戻ってこれなくなるぞ」

「それは死ぬかもしれない、ってこと、ですか……」

晴高が言わんとしていることが、千夏にも段々と理解できてきた。

千夏の質問に、晴高は小さく首を横に振る。

「いや、もっとたちが悪いことになるかもしれない。成仏することもできず、悪霊として永遠にこの世を彷徨《さまよ》い続けることになる。生きてる人間たちを呪いながらな」

チンという軽い音を立てて、エレベーターが一階についた。出るとき、

「その幽霊男だって、いつ悪霊化するかわからんぞ」

晴高はそう言い捨てた。先にエレベーターを出た晴高の背中に千夏は言い返そうと口を開きかけたが、それよりも早く元気が声をあげる。

「晴高！」

名前を呼ばれて、晴高は足を止めて振り返る。元気は千夏の横を通り過ぎて、晴高の

前に立った。

「晴高。今の俺は、悪霊になりそうな兆《きざ》しってあるか？」

元気にそう尋ねられ、晴高は怪訝そうに眉《まゆ》を寄せた。そして、元気を上から下までじっくり眺めてから、

「いや。今のところはない。だが人間の感情は移ろいやすい。いつ負の感情に偏るか」

「だったら！」

晴高の話を遮るように元気は言う。

「もしそうなったら。もし、そうなる兆しが少しでも出たら。……そんときは、お前の手で俺を除霊してくれないか」

元気が言い出したことに、千夏は驚いた。何を言うのだろう。以前、晴高に除霊されかけたときの彼の苦しそうな様子が脳裏を掠《かす》める。

こんな明るくて朗らかな元気が、悪霊になるなんて考えたこともなかった。

「俺だって。本当は俺みたいな成仏もできない霊が千夏のそばにいていいはずがないのはわかってるんだ。何度も、千夏の家を出なきゃって思った」

元気の言葉にさらに驚く千夏。彼がそんなこと考えていただなんて、まったく知らなかった。

千夏は元気のもとへ駆け寄ると彼の腕を摑《つか》もうと手を伸ばす。しかし、当然のように千夏の手は彼の身体をすり抜けた。最近は忘れがちになっていたが、こういうときは実

感せざるをえない。彼は、幽霊なのだ。空を切った手を見ると悲しさが湧いてくる。

それでもその手で拳《こぶし》を握って元気の顔を見上げた。目が合うと、彼は申し訳なさそうに弱く苦笑を浮かべる。

「でも、千夏と一緒にいるのが心地よくて。迷惑かけてるのわかってたのに。つい、好意に甘えて今までずるずるときてしまったんだ」

千夏はぶんぶんと首を横に振る。

「迷惑なんかじゃない。一緒にいてほしいって思ってたのは、私も同じ。だから、勝手に出て行ったりしないで」

そう伝えると、こわばっていた彼の表情にホッと笑顔が広がった。

「……ごめん。そうするよ」

その返答に、千夏の顔にも自然と笑みが戻る。

そこに、はぁと大きなため息が聞こえてきた。晴高だ。

「……どうでもいいから、ここでいちゃつくな」

「な⁉」

「いちゃついてなんか⁉」

二人で抗議の声をあげたが、それすら煩わしそうに晴高は手で制すると、

「とにかく、だ。除霊してほしかったら、除霊代くらいよこせ。業務外だろ。あと、霊と同調するときに何か妙な気配を少しでも感じたら、俺が渡した札をたたきつけてすぐ

に逃げろ。いいな」

「は、はいっ」

千夏はこくこくと頷《うなず》いた。それを見ると、晴高は千夏たちからふいっと視線を外して駐車場の方へとすたすた歩いて行ってしまった。

でも、あとをついていきながら、直前の晴高の仕草が千夏には少し心に引っかかった。彼は、向きを変える直前、右手の薬指にしているリングを左手で触っていた。無意識にした仕草だったようだけど。

右手の薬指にされた、シンプルなデザインのシルバー色のリング。あれは間違いなく、恋人か奥さんとのペアリングだと千夏は思う。

でも、彼からは恋人や妻がいるという話を聞いたことはおろかそんな気配すら感じたことがない。だから余計に不思議だった。

駐車場に止めてあった社用車に乗り込んだあと、車を出す前に晴高が千夏と元気に先ほど撮ったというスマホの写真を見せてくれた。

「これが撮れたから、まずいと思って急いで十四階に行ったんだ」

彼が見せてくれた写真は一階から千夏たちがいた十四階を写したものだった。かろうじて廊下に立つ千夏の姿が見える。元気やあの霊の姿は写ってはいない。しかしほかに写り込んでいるものがあった。

「え……。これ……なんですか？」

その異様な写真に息をのむ。そこには、画面一面を覆いつくそうとするほどに無数の白い球のようなものが写り込んでいた。

「これは、オーブとよばれるものだ。霊が出没する場所に写り込むことが多いが、これだけたくさん写ったものは珍しい」

「って、どういうこと？」

と、元気は尋ねる。晴高はしばらくその写真を見た後、スマホをポケットにしまって車のエンジンをかけた。

「どうやら、あそこにいるのはあの霊だけじゃないようだ。他の霊が集まってきつつあるように視えた。あの霊が消えたらほかの霊たちの気配も消えてしまったが……あの現場は用心した方がいい」

霊が集まってきている。その言葉に、千夏は背筋が寒くなるような恐怖を感じた。

そのあと晴高に送ってもらって自宅に戻ってきたが、千夏にはずっと気になっていたことがあった。あのマンションから飛び降り続けるサラリーマンの霊。彼はどこの会社に勤めていたんだろう。そして、その会社はいまどうなっているんだろう。

(手掛かりは、あの霊の思い出の中にあった景色くらいしかないんだけどね)

あの霊の記憶は、どれも会社でのものだった。オフィスの中から見たものと、オフィスビルの入り口を見たもの。

彼が上司に怒られていた記憶の中で、上司の背後にあった窓からの景色を千夏ははっきりと覚えていた。窓から見えたのは道路の向かいに建つ雑居ビルと、そのさらに奥に見えていた特徴的な形の大きなビル。あれだけ大きく見えたということは普通のビルではない。おそらく、かなりの高さのある高層ビルだ。

そして彼が飛び降りたマンションが建っているのは、大久保《おおくぼ》。新宿《しんじゅく》からは目と鼻の先にある。彼があのマンションの住民だったのかどうかは結局調べても分からずじまいだったけど、あそこはファミリー向けの分譲マンションだ。なんとなく、まだ二十代に見えた彼は住人ではなかったような気がしていた。彼は、会社に出社するために最寄り駅まで来たものの、会社に行けずにさ迷い歩いていた。そのうち背の高いあのマンションを見つけて入り込み、飛び降りたんじゃないだろうか。

彼の勤め先があったのは、高層ビルが立ち並ぶ西新宿《にししんじゅく》のどこかだと目星をつけた。

そこで翌日出社するとすぐに、パソコンを開いて地図アプリで西新宿周辺をくまなく調べはじめた。一人では探しきれないため、同じ記憶を覗《のぞ》いた元気にも手伝ってもらうことにする。

彼は、デスクの上に置かれたタブレットで同じ地図アプリを起動して、千夏が探している場所とは違うブロックを調べてくれた。傍《はた》から見るとデスクに置かれたタブレットの画面が勝手に動いているように見えるだろうけれど、最近は職場の人たちも慣れたのか気にしなくなったうえに、時々職員に配るお菓子を元気のデスクにも置いて行ってくれる人まで現れるようになっていた。

「お前、すっかりうちの職員と化してるな」

と、これは晴高の言だが、

「時間なら、いっぱいあるからね」

元気は地図アプリを見ながら、すいすいと画面を指で操作していく。

実際のところ、元気と作業を分担できるのは助かることこの上ない。そうやって手分けして探していたところ、

「あ、これ。それっぽくない？」

大久保寄りの地域を調べていた元気が、声を弾ませた。

「え？　どれどれ？」

千夏は覗き込むと、画像を指で引き伸ばしてみる。

そこには記憶にあるものとそっくりなエントランスが映っていた。

「ここだ！」

試しにタブレットに映っていた画像を方向転換させてみる。エントランスが映しだされていた画像がぐるっと百八十度向きを変えて、今度は向かいのビルとその先にある西新宿の高層ビル群を映し出していた。この場所で間違いない。

次の日曜日の深夜。

千夏たち三人は再び、あのマンションを訪れていた。

千夏が持っているトートバッグには、この一週間で調べ上げた、あの霊を説得するための資料が入っている。

エレベーターで上のボタンを押してカゴが下りてくるのを待っていると、突然
「あ！」と晴高が声をあげた。慌てた様子でパタパタとズボンやジャケットのポケットを触る。

「まずい、スマホを車に忘れてきた」

そのとき、チンという音をたててエレベーターが一階につくと、扉が開いた。

「ちょっと取りに行ってくる」

「わかりました。私たち、先に上、行ってますね」

「ああ」

そんな短いやりとりを交わして、千夏たちが乗り込むとすぐにエレベーターの扉が閉じた。

まだ、あの霊がでる時刻まで小一時間ある。先に千夏たちだけ上に行かせても問題ないはずだ。晴高はそう考えていた。

マンションのエントランスを出たところで、手がジャケットのポケットに触れる。

（あれ？）

ポケットに手を入れると、そこに忘れてきたはずのスマホがあった。

（……おかしいな）

さっきはなぜ、スマホがないと思ったのだろう。不思議に思いながらも晴高はエレベーターホールに戻った。

千夏たちは既に十四階に着いたようだ。上のボタンを押すと、ほどなくしてカゴが下りてきたのですぐに乗り込む。

14のボタンを押す。すぐに上昇をはじめた。

扉の上に並んだ数字の明滅が1から順に右に移っていくのをぼんやりながめていて、晴高は妙なことに気づいた。数字が8と9の間で行ったり来たりして進まなくなっている。しかし未《いま》だエレベーターは上昇を続けていた。

(なんだ、これ……)

そもそも、さっきスマホを忘れたと思ったところからおかしかったのだ。ちゃんといつも通りポケットに入っていたのに、それに気づかないなんてことがあるだろうか。

ぞわと、嫌な冷たさが背筋を這《は》い上ってくる。

おかしい。明らかに異常だ。

「………！」

晴高は叩《たた》くように『緊急』ボタンを押した。しかし、何の反応もない。いまだ、エレベーターは動き続けている。どれだけ上昇しているのか。いま何階にいる？　いや、そもそもここは本当にマンションの中なのか？

(くそっ、閉じ込められた!!)

心の中に焦りが湧き上がってくる。嫌な予感がどんどん増してきた。

そこで、ふとあることを思い出して晴高はスマホを取り出した。ここに来る前に見た、とある新聞記事を探し出す。それは数年前の、親族が勝ち取った過労死自殺の労災記事だった。千夏の調査であの霊の勤め先が判明し、そこから芋づる式に出てきたニュースだ。当時、二十六歳だった杉山《すぎやま》という社員が、過労とパワハラを理由に自殺している。

そこには彼の亡くなった日付も書かれていた。それを確認して、思わず晴高はエレベーターの壁を力いっぱい殴る。

（やっぱりだ。しまった。見落としてた……）

彼が自殺したのは、ちょうど六年前の前日だった。つまり昨日が七回忌にあたる。

千夏と元気は先に十四階に行ったはずだ。自分だけ引き離された理由はなんだ？　と考えるも、すぐに結論はでた。除霊の力を持った晴高が邪魔だったからだ。

（頼む。無事でいてくれ。頼む……。もう、誰も失いたくないんだ！）

晴高は心の中で叫ぶように祈った。


そのころ、十四階に着いた千夏たち。腕時計を見ると、あの霊が出没する時刻までにはまだ少し時間があった。しばらくここで待つことになるだろう。どうやって時間をつぶそうかな、そんなことを思いながらふと廊下を見ると、ふらりと人影のようなものが一つ見えた。

「あれ？」

あのサラリーマンの霊だ、と千夏は思った。新聞記事で見た彼の本名は、たしか杉山大輔《だいすけ》。

千夏は彼のあとを追った。廊下に出てみると、おぼつかない足取りで廊下の奥へと歩いていくスーツ姿の背中が視える。

「杉山さん」

千夏は彼の名を呼ぶ。しかし、その人影は千夏の声を気に留めた様子はなく、奥へと進んでいく。

「また彼が飛び降りる前に追いかけなきゃね、元気。……あ、あれ？　元気？」

さっきまで傍にいたはずの元気の姿が見えない。そういえば、エレベーターを降りたあたりから姿を見ていない気もする。

「どこ行ったんだろう。元気？」

何かがおかしいような、ちくりとした違和感を覚えた。しかし、廊下を行く人影の背中がどんどん遠くなっていく。早くしないと彼が飛び降りてしまう。

今日こそは彼を止めようと考えていた千夏は、彼を追って走りだした。

「待って！　杉山さん！」

前を行く人影はふらふらとした足取りの歩き方。こちらは走っているのだから、すぐに追いつくはずだった。しかし、いくら走っても彼の背中が近づかない。走っても走っても、距離がまったく縮まらない。

（あれ？　ここの廊下、こんなに長かったっけ？）

廊下の端から端まで走ってもそれほど距離はないはずなのに、今日はどれだけ走っても端が近づいてこないように思えた。まるで千夏が走れば走るほど、廊下が延びているような不思議な感覚。

それでも必死に走っていると、ようやく杉山の背中が近づいてきた。一分とかからない距離のはずなのに、十分以上走っていたような疲労を覚える。それでも息を弾ませて彼のもとに辿《たど》りついた。

「杉山、さん！」

肩で大きく息をしながら、落下防止の柵《さく》に手をついて今にも乗り越えようとしている彼に声をかける。

「あなたは、もう死んでるんです。あなたの会社はもうないの。何年も前に倒産しているんです」

必死に彼を説得しようとしたときのことだった。

遠くから、聞きなれた声が聞こえた。必死に叫ぶような声。

「千夏！　離れろ！　そいつは、杉山じゃない！」

「え？」

元気の声だ。彼の声がした方を振り向こうとした。しかし、それより早く、杉山だと思っていた相手がこちらを向く。穴が開いただけのような真っ黒な目に、真っ黒な口。ソレが、千夏を摑《つか》もうと手を伸ばしてくる。

「きゃあ!!」

咄嗟《とっさ》に逃げようとしたが、身体が動かなかった。いつの間にか、落下防止柵の向こう側から無数の半透明な手が伸びてきて、千夏の腕や肩を摑んでいた。

柵の外から手を伸ばしていたのは、空中に浮かぶたくさんの霊たち。ギャルのような女の子や、老人、サラリーマン、小学生くらいの子どもまでいた。年齢は様々だが、皆一様に目と口が黒いのだ。それらの霊たちが我先にと争うように千夏を摑んでくる。触られる感触はないが、身体がまったく動かない。

杉山だと思っていた霊が、黒い目を歪《ゆが》めてニタァと嗤《わら》った。

……イッショニ……イコウ……

「嫌……いや……」

かろうじて動いた口でそう返すものの、千夏の意思に反して身体は勝手に柵に向き直る。両手を柵につくと、霊たちの手に導かれるように柵を乗り越えようとする。

(いやだ……いや……助けて……!)

恐怖で目に涙が滲《にじ》む。身体が全然言うことを聞いてくれない。

ついに上半身が柵の向こう側へ乗り出してしまい、両足が宙に浮いた。視界いっぱいにマンションの下の地面が広がる。

落チロ

たくさんの声が訴えかけてくる。若い声、老いた声。男も女も子どもも。

落ちろ。一緒に行こう。一緒に落ちよう、と。

ここは十四階だ。落ちれば命はない。落とされまいと千夏は柵にしがみつきたかったが、逆に千夏の手は身体を外に押し出そうとする。

「あ……!!」

するりと柵を乗り越えて落下しそうになった。手が柵を離れる。

（もう、ダメ……！）

恐怖に思わず目を閉じた、そのとき。

「やめろ!!」

すぐそばで元気の声が聞こえた。そして、バンという鈍い音が背後で聞こえたと同時に、腰のあたりをぐっと強く摑まれた。落下する寸前のところで柵の内側へと強く引き戻されて、反動で千夏はその相手とともに廊下側に倒れこむ。

倒れた千夏の下敷きになっていたのは、晴高だった。どうやら、彼が助けてくれたようだ。

さらに、すぐそばに杉山に化けた霊が仰向《あおむ》けに倒れていて、その脇には心配そうにこちらを見ている元気の姿があった。一瞬遅れて、あの鈍い音は元気がその霊を殴り倒した音だと気づく。

助かったと放心していた千夏の耳に、晴高の呻《うめ》くような声が聞こえた。

「……ちょっとどいてくれないか」

「きゃ、きゃっ！　ごめんなさいっ」

慌てて立ち上がる千夏。そのときになって、ようやく身体の自由が戻っていることに気づいた。

「霊に操られてたんだ。悪霊どもはそうやって生きてる人間を死に導き、仲間を増やそうとする。元気、そいつを逃がすな。そいつが悪霊どもの核になってる。まずはそいつを処理する」

「わかった」

晴高に言われて、元気は杉山に化けた霊を両手で床に押さえ込む。霊はバタバタともがき暴れようとするが、

「無駄だって。俺、毎日三食お供え物食べてるおかげで、霊的には強くなってるみたい

なんだよな」

元気の言うとおり、どれだけその霊が暴れようとしても元気はびくともしないようだった。他の霊たちは元気の存在に恐れをなしたのか、柵の向こうで遠巻きにこちらを窺《うかが》っている。

起き上がった晴高が凛《りん》とした声で経を唱えると、杉山に化けていた霊は苦しそうにもだえだして空気に溶け込むように消えてしまった。他の霊たちも同様に消えるか、逃げるかしたようでいつの間にか視えなくなっていた。

読経を終えて、晴高がふぅと大きなため息交じりに言う。

「間に合って良かった。やつらに閉じ込められて、抜け出すのに時間がかかった」

「俺も。気が付いたら、千夏に近づけなくなってて。ほんと焦った」

元気も安堵《あんど》の表情を浮かべていた。

二人が駆けつけてくれるのがあと少し遅れていたら、千夏は助からなかっただろう。今頃、あの杉山の霊と同じように頭から血を流して、遥《はる》か下の地面に横たわっていたかもしれない。

急に恐怖がよみがえってきて、千夏の身体が小刻みに震えだす。自分の腕で身体を抱くが震えは止まらない。歯の根が合わない。怖くてパニックになりそうだった。

恐怖に慄《おのの》く千夏の視界が、ふいに何かに覆われる。

「え……？」

ワンテンポ遅れて、元気の腕の中にいるのだとわかった。

「良かった。ほんとに、良かった」

千夏を抱きしめるように腕を回したまま、噛《か》みしめるように何度も元気は呟《つぶや》く。

彼のふわふわとした明るい髪色の頭がすぐそばにあった。

「……元気」

あいかわらず、触れられた感触はない。それが少し惜しいけれど、それでもさっきまであんなに怖くてしかたなかったのに、彼がそばにいてくれると思うとふわりと心が落ち着いて、震えもいつの間にかおさまっていた。

千夏も彼の腰に手を回す。腕の中に彼がいる。

「大丈夫だよ。ありがとう」

「うん。俺、千夏が柵から落ちそうになってるの見て、心臓止まるかと思った」

「心臓ないけどね」

くすりと千夏が笑うと、元気も「そうだな」と顔に安堵の笑みが広がる。

落ち着いたところで、千夏は晴高にも礼の言葉を述べた。

「晴高さんも、ありがとうございます。思いっきりお尻《しり》で踏んじゃいましたが、大丈夫でしたか？」

「いや、それは別にいいんだが……。すまない、これは俺のミスだ。資料に目を通していたはずだったのに、見逃した」

「……え？」

　きょとんとする千夏に、晴高は彼のスマホを見せてくれた。そこには見覚えのある新聞記事が表示されている。

「昨日が杉山の七回忌だった。七回忌には、霊の力が最も強まる。ましてここは、繁華街が近い場所柄だ。人が多い場所には人の悪意や悪霊も多く渦巻いている。強まった杉山の負の感情に引き寄せられて、悪霊たちが集まっていたんだろうな。一時的に、ここは悪霊の巣窟《そうくつ》となっていた」

　千夏をマンションの十四階から落とそうとしたのは、そうやって集まった悪霊たちだったのだろうと晴高は教えてくれた。

「といっても、もうさっきあらかた散らしたから、当分は大丈夫だろう。あとでもう一回ちゃんと除霊しとく。本当に、すまなかった」

　そういって、晴高は千夏に頭を下げた。

　これには千夏の方がびっくりする。まさか、晴高に謝られるとは思っていなかった。むしろ、晴高と元気が近くにいなかったにも拘《かか》わらず、霊と接触した千夏にも落ち度はあった。それを駆けつけて助けてくれたのだから、礼を言う気持ちこそあれ、晴高が悪かっただなんて微塵《みじん》も考えてはいない。

「いや。そんな。大丈夫ですよ。晴高さんも助けにきてくれたじゃないですか。ありがとうございます。おかげで私、いまも、ちゃんとこうやって生きてますし」

千夏は自分の胸をぽんぽんと手の平で叩《たた》いた。

「そうか。良かった、ほんとに」

そう言うと、晴高は安堵からか僅《わず》かに笑みをこぼした。

（おお……）

この人が笑った顔を初めて見た。

「心配、してくれてたんですね」

千夏の言葉に、晴高は急にムッとしたような顔つきになる。

「……当たり前だろ。霊相手の仕事は、いつどう転ぶかわからない。自分のことなら大抵はどうにかなるし、どうにかならなくても諦《あきら》めもつくが。お前らに何かあったらと思うと、胃が痛くて夜も眠れなくなる」

『お前ら』と言っているあたり、彼の心配の中には元気も入っているようだった。

普段、除霊するだのなんだの言っている割には、実はちゃんと彼のことを同僚と認めていることが言葉の端に滲《にじ》むのが千夏にはちょっと嬉《うれ》しかった。

もしかして、この人はいままでもずっと心配してくれていたんだろうか。思いかえせば、彼が怒ったり機嫌が悪くなったりするのは大体千夏の身に危険が及びそうなときが多かったようにも思う。それ以外だと、ぶっきらぼうで仏頂面ではあるが、案外普通に接してはくれるのだ。そんな考えに耽《ふけ》っていたら、傍にいた元気がスッと腕を上げて廊下の奥を指さした。

「なあ、ところでさ。アレ、どうする？」

　廊下の奥に人影がひとつ視えた。蹲《うずくま》っているようだ。顔は視えないが、ビジネスカバンらしき四角いものを抱いて座り込んでいる。どうやらあれは本物の杉山の霊のようだ。

「さっきまで、あんなとこにアイツの姿なんか視えなかった。たぶん、俺と同じように悪霊たちに邪魔されて隠されてたんだろうな」

　と、元気は言う。そこでようやく千夏も思い出す。今日ここにきた目的は彼を説得することだったんだ。晴高に視線を向けると、彼もこちらを見て頷《うなず》く。今日の仕事は、まだ始まったばかりだ。

　千夏は、廊下の奥でカバンを抱いて蹲《うずくま》っている杉山の霊のもとへと歩いて行った。彼はカバンを挟むようにして足を抱き、小刻みに肩を揺らしている。

『……ッ……ヒッ……』

　大量に集まってきた悪霊に驚いたのか、それとも死ぬ直前のことを思い出して今日もまた苦しんでいるのか。泣いているようだった。

「杉山、さん？」

　千夏が腰をかがめてそっと声をかけると、杉山の肩がビクッと大きく揺れる。嗚咽《おえつ》が止まり、彼は顔をあげた。泣きはらしてはいたが、今日はあの半分つぶれた顔ではなく彼本来の顔をしていた。年齢はたしか、享年二十六歳。もう少し若く見える童顔の彼は、腫《は》れぼったい目で千夏を見上げる。その目は、確かに千夏を捉《とら》えていた。今日は話が通じそうだ。

「あなたとお話をしにきました」

『ボクト……？』

こくんと、千夏は頷く。

「あなたは毎週のように、そこから飛び降りています。そのことで住民から苦情が来たため、私たちが調べに来ました」

『ソウダ。ボクハ……イカナキャ……イカナキャ』

杉山は虚空の一点を見つめ、両手で自分の髪の毛を摑《つか》むように掻《か》きむしった。

「どこへ、行くんですか？」

静かな声で千夏は尋ねる。

『カイシャ……イヤ……イキタクナイ……イケナイ……イカナキャ……ソレナラ……』

ふらりと杉山は立ち上がる。カバンを胸に抱いたまま、ふらふらと落下防止柵《さく》のほうへと歩いていった。

その彼の前に、元気が通せんぼするように立ちふさがる。

杉山はよろけるように元気を避けてなおも柵のほうへ行こうとするが、杉山の腕を元気が摑んだ。

「そっちに行ったって、道なんてないよ」

『ハナシテクダサイ……ボクハ……』

晴高は三人とは少し離れて、こちらを注意深く見ている。右手にはあの水晶の数珠《じゅず》。もし杉山が再び悪霊を呼び寄せるようなことがあれば、すぐさま除霊できるようにだろう。

「杉山さん。あなたはもう、会社に行かなくていいんですよ」

杉山の背中に千夏が言う。

『デモ、ユウキュウナンテツカエ……』

その言葉に千夏は強くはっきりとした口調で言葉をかぶせた。

「あなたの会社は倒産しました。もう、あそこにあの会社はありません」

杉山は動きを止める。その背中にさらに千夏はつづけた。

「六年前。あなたはそこから飛び降りて死にました。あなたのご両親はあなたのために会社と戦って、パワハラと過労による自殺と認めさせました。その後、何があったのかまではわかりませんが、あの会社は倒産し、今は跡形もなくなっています」

千夏は自分のトートバッグの中から、一枚の白い紙を取り出した。

それは杉山が勤めていた会社の法人登記簿謄本だった。分かりやすいように、緑の蛍光マーカーで見てほしいところに線を引いている。そこに杉山が勤めていた会社名と『破産』の文字があった。

「あなたを苦しませる会社は、もう、どこにもないんです」

千夏はその登記簿謄本を杉山に差し出す。

ゆっくりと杉山がこちらを振り向くが、その目は驚きに見開かれていた。

「あなたを縛るものはもう何もないの。だからもう、飛び降りなくてもいい。何かから逃げる必要もない。それよりも、あなたの苦しみを癒《いや》してあげてください」

杉山はカバンをぎゅっと握ったまま登記簿謄本を手に取るが、まだ信じられないような目で『ウソダ……』と呟《つぶや》く。

「じゃあさ。あとで夜が明けてから、一緒に会社があった現地を見に行こうぜ？」

と、元気が提案した。

「うん。それがいいよ。私たちも一緒にいくから。……どうですか？」

杉山はカバンと登記簿謄本を握ったまま困惑した目で千夏たちを見ていたが、もう逃げ出すようなことはなかった。

その後、朝までファミレスで時間をつぶしてから、社用車で西新宿へと向かった。近くのコインパーキングに車を止め、彼の働いていたオフィスビルへと向かう。

杉山は相変わらずカバンを胸に抱きしめてビクビクしていた。それでも目的のビルが見える場所まで来ると、彼自身も気になったようで歩く足が速くなる。

そして、ビルのエントランスの前で杉山は立ち止まった。

杉山の記憶の中で見た、あのエントランスと同じ光景が目の前にある。

「行きますか？」

千夏が尋ねると、杉山はしばらく迷ったあと、こくんと大きく頷く。

千夏がここに来たのは二回目だった。一回目のときは、杉山の記憶に触れた際に見た景色を頼りにここへとたどり着いた。窓から見えた景色の高さからすると、彼の会社があったのはここの五階。現在そこに入っているテナントやほかのフロアのテナントから聞き取りをした結果、杉山が勤めていた会社名を割り出すことができたのだ。

エレベーターで五階まであがる。杉山はずっとカバンを抱きしめたまま、その肩はわずかに震えていた。事前に連絡しておいたため、現在五階に入っているテナントのスタッフは快く千夏たちをフロアに通してくれる。

現在そこは、フィットネスクラブになっていた。

杉山の記憶で見た、上司に酷《ひど》く叱責《しっせき》されていたあの場所。そこは、窓から明るい光が差し込むフローリングスタジオになっていた。

ただ、窓の形は、あの記憶の中にあったものと同じだ。向かいの雑居ビルと、その向こうに西新宿の高層ビルが見えている。

杉山は窓の前で立ち尽くした。

『ソウカ……モウ……モウあの会社も、あの人たちも……』

彼の腕から、それまでずっと握りしめていたカバンがするりと落ちた。

その肩が小刻みに震えている。

千夏たちは、ただ見守るしかできなかった。彼がいま何を思っているのか、それは千夏にはわからない。でも、彼の中の時間はようやく動き出したようだった。

『……僕はこれから、どこに行けばいいんだろう……』

会社がなくなった事実を目の当たりにし、呆然《ぼうぜん》と呟く杉山。

その声に応《こた》えたのは、晴高だった。

「お前にはもう、どこへ行くべきか見えてるんじゃないのか？」

彼は晴高の方を向くと、うつむく。

『でも、僕は自分で命を絶ってしまった。そんな人間は天国なんていけないんでしょ？』

「その償いなら、もうとっくにしたんじゃないか？」

それは諭すでもなく、彼らしく淡々と事実を伝えるだけのような口調だった。

「あんだけ何度も飛び降りて毎回死ぬ苦しみを受けてれば、自分の命に対する責任なんてもう充分だろう。お前は、死ぬ前だって散々苦しんだんだろ。他人に対して何か悪いことをしたわけでもない」

『で、でも。急に死んだから、きっとたくさんの人に迷惑を……』

「たしかに迷惑ではあっただろうが、悪いことではない。どうせ人間は大概みんな、急に死ぬもんだ。それに」

はっきりと晴高は断言する。

「そんだけ苦しんだ奴が救われないわけがないんだ。ほら、お前の身体を見てみろ」

『え？』

晴高の指摘どおり、杉山の身体はいつのまにか輪郭がキラキラと金色の光を帯び始めていた。

「お迎えだ」

杉山は驚いた目で自分の身体の光を見ていたが、ぶわっと双眸《そうぼう》に涙をため、顔を両手で覆った。

『僕、死にたくなかった……死にたくなかったんだ。ただ、逃げたかっただけなんだ。辛《つら》くて、辛くて……仕事からも……人生からも。でも、逃げる方法を間違えたのかな……』

今度は、それまで黙って杉山と晴高のやりとりを見ていた元気が口を開く。

「死にたくなる前に仕事辞められたら、もっと違う人生があったのかも……って思いたくなるよな。でも、死んだ後に後悔しても、もう身体は戻らないんだよな」

彼も自分の死に対しては思うことはたくさんあるのだろう。その一言一言は、杉山に言っているようでもあり、自分自身に言い聞かせているようでもあった。

「だからさ、もし生まれ変わったら。今度は命捨てる前に、もっと捨てていいもん捨てて軽くなろうぜ。その方が、絶対生きやすいからさ」

杉山は顔をあげて、こくんと頷《うなず》き返した。その顔にもう涙はなかった。

『うん。そうするよ。……ああ、もう、逝かなきゃ……』

「いってらっしゃい。お元気で」

千夏は杉山にそう声をかけた。こういうとき、お別れにどういう言葉をかければいいのかいつもわからない。でも、なんとなく前向きな言葉がいいような気がするのだ。その先に待つ新しい未来に向けて彼らは旅立つのだから。

『ありがとう……』

杉山は小さく微笑んだ。途端に、彼の身体を覆う光が強くなると、ふわりと光の粒子が天に昇るように彼の姿は視えなくなった。

「……逝ったな」

ぽつりと晴高がいう。

いってらっしゃいと、もう一度千夏は心の中で声をかける。今頃、彼はもう千夏の声の届かない場所にいるのだろう。そこがどこなのか千夏はよくは知らないが、誰もがいずれ行くはずの場所に違いない。

彼の行く末に想いを馳《は》せていた千夏の隣で、晴高はハァと疲れを吐き出すように嘆息した。

「なんとかなったな。今回はヒヤヒヤしっぱなしだったが」

「あれ？　今回は送り火だっていってタバコ吸わねぇの？」

と元気に言われ、晴高はギロッと彼を睨《にら》んだ。

「ここで吸ったら怒られんだろ」

たしかに、フィットネスクラブの入り口のところに全館禁煙ってプレートが貼ってあった。

「ああ、そうか」

「あとで、吸う」

結局、吸うらしい。

フィットネスクラブの職員に礼を言って、オフィスビルを出ると直ぐに晴高はタバコを咥《くわ》えて火をつけていた。

「さてと、このあとどうします？」

コインパーキングへ向かって歩きながら尋ねると、彼は紫煙を燻《くゆ》らせる。

「お前は代休申請しとくから、今日は家に帰っていい。俺は、後始末しにいく」

「後始末ですか？」

「もう一回、あのマンションの除霊しとく。散らしたとはいえ、あれだけの悪霊が集まってたからな。また寄り付いたら面倒くさい」

晴高は、うんざりした調子でボヤいた。


そのあと、千夏と元気は晴高と別れて自宅マンションへ戻ってくる。昨夜は徹夜仕事になってしまったため、くたくただ。

シャワーを浴びてさあ仮眠しようかなというときになって、千夏は元気がダイニングテーブルでタブレットをずっと眺めたまま座っていることにふと気がついた。

いや、それ自体はいつもの光景なのだけど、彼が見ているページが千夏がシャワーを浴びに行く前と変わっていないことを不思議に思ったのだ。彼の視線はタブレットに向いているのに、意識はどこか別のところにいってるように感じた。

「……元気？　どうしたの？」

声をかけたら、元気はハッとしたように千夏を見上げる。

「いや。……なんでもない」

「何か考え事でもしてたの？」

「うん、ちょっと」

そう答える彼の表情は浮かない。何か深刻な悩みなのかなと思って千夏がそのまま話の続きを待っていると、彼は誤魔化せないと思ったのかぽつりぽつりと話し始めた。

「さっき、千夏が悪霊たちに襲われたときにさ。晴高が千夏の身体を摑《つか》んで助け上げただろ？」

「ああ、うん。そうだったわね」

そのあと勢いよく廊下に二人とも倒れ込んで、晴高を下敷きにしてしまったことを思い出す。あの人、腰を痛めてなければいいけれど。

しかし次に聞こえた元気の言葉は、意外なものだった。

「あのときさ。俺……すごく晴高のことが羨《うらや》ましかったんだ」

「え？　羨ましい？」

伏し目がちに元気はうなずく。

「うん。直接、君に触れて助けられる晴高のことが、すごく羨ましかった。なんで、俺じゃないんだろう。なんで、俺はそれができないんだろう……って。幽霊だから、当たり前だけどさ。久しぶりに、自分の肉体がないことが悔しくて仕方なかった」

そう言って彼は弱い苦笑を浮かべる。

「で、でもさ。晴高さんも言ってたけど、元気が霊を倒してくれたから、私は助かったんだよ？」

それはファミレスでフィットネスクラブが開くまで待ってる間に、晴高が教えてくれたことだった。千夏が霊に操られていたとき、晴高は千夏の身体を支えるのに精一杯で、両手が塞《ふさ》がって印を結ぶことができなかった。たとえあのまま御経を唱えたとしても、あれだけたくさんいる霊たち相手に千夏を守りきるのは難しかったらしい。霊に対して直接干渉できる元気が悪霊たちの核となっていたあの霊を殴り倒したことで、千夏を操る力が弱まって助けることができたのだと言っていた。

でも、元気も晴高からその話を聞いていたはずなのに、彼の気持ちはソレでは収まらないようだった。

「うん。俺にしかできない役割もあるってことはわかってる。でも、それでも君を直接守ることのできるアイツのことが羨ましくてたまらなかったんだ。触れられたら、震える君を直《じか》に抱きしめることだってできたのに。なんで俺の腕は、君をすり抜けてしまうんだろう、って。それが悔しくて」

そう語る元気は、くしゃりと目元を歪《ゆが》めた。

「ごめん。……こんなこと、君に言うことじゃないよな。怖い思いしたのは、君の方なのに」

元気は申し訳なさそうに言うが、千夏はゆるゆると首を横に振った。

「ううん。私も元気がそばに来てくれたあのとき、本当に触れられたらいいのになって、思わなかったと言えば嘘になるから……」

そして、堪《たま》らず千夏は座っている元気の首に両腕を回して抱きついた。もちろん触れている感触はないのだけど。

「それでも、ここに元気がいることはちゃんとわかる。身体はなくても、ここに元気の心があるのはわかるから、それでいいの。だから、これからもそばにいてほしい」

それは偽らない正直な自分の気持ちから出た言葉だった。

前に元気が晴高に『何度も、千夏の家を出なきゃって思った』と言っていたのを聞いてからというもの、いつか元気が千夏の前からいなくなってしまうんじゃないかと怖くなることがある。朝起きたらもうリビングにいないんじゃないか。ふと気づいたら傍らから消えてるんじゃないかって。怖くて、元気の存在をこっそり確かめてしまったことも一度や二度ではない。だって、彼が本気で千夏のもとを去ろうと思えば、千夏に探す術《すべ》などないのだから。

「俺も君と一緒にいるのは楽しいよ。ずっとこのままならいいのにって、つい願いたくなる。……でも、俺は死んだ人間で、君はまだいっぱい人生が残っている人間だから。いくら楽しくても、君が君の人生を生きる邪魔をするわけにはいかないよ。だけど、わきまえなきゃって思えば思うほど、どんどん君と離れられなくなってるんだ。これって取り憑《つ》いてるってことなのかな。それとも……」

混乱しているような彼の言葉にはわずかに潤みが混じっている。その声が愛《いと》しくて堪らなかった。だって、千夏も同じ気持ちだったから。

彼と一緒に過ごす時間が長くなればなるほど、心の中に少しずつ降り積もってきた想い。それが、どんどん口をついて出てくる。

「ねぇ。とりあえず、幽霊とかそうじゃないとか。生きてるとか、死んでるとか。そういうことは置いておこうよ。だって、元気だって人間でしょ？　人が人を好きになっちゃいけない理由なんてないもの。……私、元気のことが好きだよ」

元気は驚いたように千夏を見る。でもすぐその目元が柔らかく笑んで、嬉《うれ》しさの滲《にじ》む顔ではにかんだ。

「俺も千夏のことが好きだ」

かみしめるようにゆっくりと呟《つぶや》かれた彼の言葉が千夏の心にポッとあたたかな明かりを点《とも》してくれる。直接抱きしめあうことはできなくても、元気は千夏の心に触れてあたためてくれる。

「ずっとこのまま一緒にいようよ。元気が成仏してこの世から消えるときまで、ずっと一緒に。それが明日なのか、十年後なのか、私の寿命が尽きるまでなのかわからないけど。その瞬間まで、元気と一緒にいたい」

「うん。ありがとう」

幽霊と生きている人間。ともに暮らして人生を共にするのは、とても奇妙なことなのだろう。きっと、生きている人間同士のつきあいにはない不便さや不自由さも、これからもたくさんあるだろう。

それでも、彼なら信じられると思った。

一緒に同じ時を過ごしていきたいと共に願った。

「でも、成仏しそうになったら、ちゃんと成仏してね？　私が元気の未練になって元気が成仏できなくなるとか嫌だからね？」

元気がクスリと笑みをこぼす。

「ああ。わかってる。そのときがきたら、ちゃんと逝くよ」

だから、いまは、この奇跡ともいうべき巡り合わせを大切にしたかった。

第3章　訴えかける霊

千夏が八坂不動産管理に異動になってから半年ほどたったある日。

いつものように千夏が仕事をするデスクの隣では、元気がタブレットを眺めている。

最近は株のデイトレーディングでも少しずつ儲《もう》けが出てきているようだ。

「晴高、見て見て」

元気は嬉しそうに、はす向かいの席に座る晴高に声をかける。

「何だ？　お前の間抜けな面《つら》しか見えないんだが」

晴高も相変わらず、自分のノートパソコンから視線をあげることもなく無愛想に応《こた》えた。

「お前、見てねぇだろ。ほら、このタブレット。やっと自分の金で、自分のやつ買ったんだ」

そこまで言われて、晴高はようやく目線をあげると元気の手元に目を向けた。

「……お前、ついに経済活動までできるようになったのか」

「デイトレードでさ、ようやく利益が出るようになってきたんだよね」

そこに課長席から晴高へ声がかかったため、彼は席を立つとそちらへ行ってしまった。

晴高がいなくなってから、千夏はこそこそっと元気に話しかける。

「私のタブレット借りなくて済むようになったから、私を気にせずなんでも見られるようになったね」

「千夏に見られたら困るようなものなんて見てないからね⁉」

心外だとでもいうように元気はむくれた顔をして、指でタブレットの画面を操作する。

そんな元気の相変わらずくるくるとよく変わる表情に、千夏はクスリと笑みを漏らした。

「でもよかったじゃない。記念になるよね。幽霊になってから、初めて自分で買ったものなんでしょ？」

昨日宅配便で届いたばかりだけど、梱包《こんぽう》をといたときの元気の目はいままで見たことがないほど輝いていて嬉しそうだったな。なんて、そのときの情景を思い出してほんわかした気持ちになっていたら、元気はタブレットを操作しながらぽつりと言った。

「初めて買ったものなら、ほかにあるんだけどね。そっちはまだ届かないんだ」

「え？　何を買ったの？」

「ないしょ。届いてからのお楽しみ」

そこに、晴高が課長席から戻ってきた。自分の席につくなり、千夏と元気に話を切り出してくる。

「いま課長から新しい案件がきたんだが、今度の案件はちょっと厄介そうなんだ」

普段から険しい晴高の表情が、さらに険しさを増している。

「どういう案件なんですか？」

千夏が尋ねると、晴高はぱらぱらとめくっていた資料ファイルをデスク越しに渡してくる。

「八坂建設からの直接の依頼だ。あるマンション建設予定地でおかしなことばかり起こって工事が進まないから、俺たちに見てほしいってよ」

「八坂建設からの？」

千夏はファイルを受け取り、ぱらぱらとめくる。八坂建設は、千夏たちが勤める八坂不動産管理の親会社であり、千夏が元いた会社でもある。

「まぁ、どうせ建物が建ってしまえばうちの会社が管理を請け負うんだろうし、そうなると遅かれ早かれ俺たちに回ってくる仕事だろうがな。だから、受けることにした」

というわけで、早速午後に現地調査することになった。

午前中は晴れていたのに、いまは空に雲が厚く垂れ込めている。これは、一雨来そうだ。

大小さまざまなビルが建ち並ぶ中に、その物件はあった。道路に面して『防音』と書かれたシートが敷地の周りをぐるっと取り巻くように貼られている。敷地自体は都心にあるにしては広い角地で、約千平米、坪《つぼ》に直すと三百坪はある土地だった。入り口付近に設置されている白い工事掲示板に書かれた油性ペンの文字は消えかけている。目を凝らしてよく見ると、工事終了予定はいまよりも一年前だ。

「ずいぶん長い間、工事が進まないみたいですね」

千夏は道路から見た現場写真をスマホで撮りつつそんな感想をもらした。ふと隣を見ると、元気がその工事現場をぼんやりと眺めている。

「元気、どうしたの？」

千夏が声をかけると、元気は我に返ったように目の焦点を千夏に合わせて小さく笑む。

「いや、なんか既視感あるなと思ったら、この現場、前に来たことあるや」

「え？」

「俺、生きてた頃は銀行で不動産融資担当やってたんだ。この物件、俺が死ぬ直前に担当してた案件の一つだよ。そっか、売れたんだな」

そう言って、元気は懐かしそうに目を細めて物件を眺める。

「ここの売買に、お前がかかわってたのか？」

と、これは晴高。こくんと、元気は頷《うなず》く。

「直接売買にかかわったというより、買い手さんがうちの銀行の不動産ローンを使う予定になってたから、その査定とかやってたんだ。前は、ここは立派な生垣のある広い一軒家でさ。たしか、料亭があったんだよ。中に小さな池があって、錦鯉《にしきごい》が泳いでたっけな」

敷地の入り口には、ジャバラになった金属製の簡易門が設置されており、南京錠がかかっていた。中に入ると、防音シートに目隠しされた内部には一台の重機も置かれておらず、まっさらな土地があるだけ。建物が撤去されているからだろうか、がらんとしていてとても広く感じた。ここに地上五階、地下駐車場完備の高級マンションが建つ予定なのだという。

「なんだ、まだ基礎すらできてないんだな」

そう呟く晴高の隣で、

「このあたりに池があってさ。そうだ、そこに石畳があって、その先に二階建ての古風な日本家屋があったんだよ」

元気が地面を指さしながら、教えてくれた。

晴高が八坂建設から渡された資料ファイルによると、基礎を造ろうと重機を持ち込んだところ、重機が動かなくなったり、逆にありえない誤作動をしたり、さらには工事関係者が怪我や病気になるなどして一向に工事が進まなかったのだという。

もちろんお祓《はら》いもしたらしいのだが効果はなく、逆に怪奇現象は悪化の一途を辿《たど》り、人影が夜な夜な這《は》い回るのを見かけるまでになった。

その霊は昼間に現れることすらあり、気味悪がった工事業者はこの工事を辞退。他の業者をあたったもののこんな厄介な工事を請け負う業者は現れず、工事は宙に浮いたままとなっていた。

「勿体《もったい》ないですね。こんな一等地にある、広い物件なのに」

千夏も唸《うな》る。これだけの立地と場所だ。平米あたり五百万はいくだろう。この広さだと、ざっと計算しても五十億はくだらないんじゃないだろうか。

「元気。何か視えるか？」

「晴高は、なんか視えてる？」

逆に元気に尋ねられ、ゆるゆると晴高は首を横に振る。

「何かいるのは感じる。さっきから、うろうろしてるな」

それを聞いて、千夏はヒュッと肩を縮めた。

「やっぱり、何かいるんですね」

千夏自身も、何かいるのは感じていた。でも、拒絶されているというよりは、むしろあちらからじろじろ見られているような、そんな視線のようなものを感じるのだ。

それでさっきから視線を感じるたびに後ろを振り返ったりするのだが、変わらず更地があるだけ。遮蔽物《しゃへい》すらないここには、誰かが潜む場所すらないのに。

「元気には何が視えているの？」

千夏に聞かれ、元気はぐるっと土地を見回したあと、小首をかしげた。

「なんかじっとこっち見てるのは感じる。さっき一瞬見えたけど、たぶん男性の霊かな。五十代くらいだと思う。だけど、こっちが視線を向けるとスッと消えちゃうんだ。なのに視線を逸《そ》らすとまたあっちから見てるのを感じる。相当、慎重なタイプなんじゃないかな」

「その割には派手に重機を故障させたりしたみたいだけどな」

と、晴高。引っ込み思案なのか、大胆なのか、よくわからない霊だ。

そのとき、千夏の肩にポツリと大粒の雫《しずく》があたった。

「あ、降り出してきた」

上向いた顔にもポツッポツッと雫が落ちてくる。

「必要な写真撮ったら、一旦《いったん》会社に戻るぞ。雨があがったら、夜にでももう一度来るしかないだろうな」

晴高の提案に千夏と元気もうなずいた。

じろじろとこちらを見定めるかのような視線は、ずっと感じたままだった。


夜の現場調査が延期になったためその日は定時で退社することにした。千夏が自宅のキッチンで夕ご飯の準備をしていると、ピンポーンとインターホンが鳴る。

「はーい」

キッチン横の廊下にあるインターホンには、宅配業者の制服を着た配達員の姿が映っていた。

「山崎さんですか。お届け物です」

「あ、はい。いま開けます」

オートロックの開閉ボタンを押して玄関に向かいながら、はてと千夏は疑問に思う。

最近、何かネット注文したものなんてあったっけ？

「元気ー。なんかネットで買ったー？」

リビングにいる同居人に声をかけると、

「ああ、うん」

という歯切れの悪い返答が返ってくる。

小首を傾げながらドアを開けると、宅配の男性が小さな小包を手渡してくれた。ちなみに、送り先は『山崎様方　高村元気様』になっている。

（やっぱり、元気の荷物だ）

最近、株で少しずつ利益がでてきているようだ。一人では直接店舗に行って買い物できない元気にとっては、ネット通販は唯一自由に買える購入手段なのだろう。

「元気ー。荷物届いたよ」

リビングに持っていくと、ソファに座って自分のタブレットで電子書籍を読んでいた元気が「ああ、ありがとう」と顔を上げた。

「開けてあげるね」

物に触れることのできない元気のために、タブレットの電源オンオフや椅子を引いたりといった日常のことは千夏が手伝うのが習慣になっていた。だからその小包も特になんとも思わず開けたのだけど、開いた瞬間、中にオシャレな紙箱が見えた。

（あれ？　これって）

このロゴには見覚えがある。たしか有名なアクセサリーブランドだ。

さらに紙箱を開けると、濃紺のビロードで覆われた小さなケースが出て来た。リングケースというやつだ。

「元気、アクセとかつけるの？」

千夏のそばにきた元気に尋ねたら、彼はどこか落ち着かない目をして言う。

「開けてみてよ」

「うん」

リングケースをパカッと開けると、中には二つのリングが綺麗《きれい》に収まっていた。

同じデザインだが、一つは少し大きめのシルバーリング。もう一つは、少し小さめのピンクゴールド。ピンクゴールドの方には真ん中に小さなダイヤモンドが嵌《はま》っていた。

「え？　これって」

驚いて元気を見ると、

「本当はタブレットよりもこっちを先に買ってたんだけど、届くのが後になっちゃったね。俺、自分でお金貯めたら真っ先にこれを買おうって思ってたんだ」

そう言って彼ははにかんで笑う。

「シルバーの方は俺がつけるために買ったんだけど。ピンクの方、君につけて欲しくて。……………もらって、くれるかな？」

笑みを湛《たた》えているけれど、元気の目にはどこか不安の色が滲《にじ》んでいた。断られたらどうしよう、とドキドキしているのが彼の目を見ていると手に取るようにわかる。

なんて、この人はこんなに感情が顔に出やすいのだろう。そして、なんでこんなに真っ直ぐなんだろう。その真っ直ぐさに、何度心を温められたかわからない。

「馬鹿……」

そう強がって言ったけれど、千夏の声は震えていた。瞳《ひとみ》に涙が滲んできてしまうのがわかる。それを見られるのがなんだか恥ずかしくて、千夏は俯《うつむ》いた。酷《ひど》い顔をしてる気がして顔をあげられない。

「千夏？」

心配そうな元気の声がすぐ間近で聞こえた。

心配させちゃだめだと思うけど、顔を上げられない。なんでこういうときに限って、空元気が出てこないのよって思うけれど、思うようにならない。

「なんで自分のもの買わないのよ。買いたい物、いっぱいあったでしょ？」

ふりしぼった声は、掠《かす》れていた。三年ぶりに手にした自分のお金。欲しいものなんて、いっぱいあったはずなのだ。なのに、なんで真っ先に買ったのがペアリングなのよ。

「だって。俺が一番買いたかったのは、コレだったんだ」

丁寧で穏やかな、元気の声。

「千夏。もらってくれる？」

もう声なんて掠れてしまって喉《のど》から出てこなくて、千夏はただコクンとうなずいた。

「左手、出して？」

元気に言われたとおり彼の前に手を差し出すと、リングケースの中のピンクゴールドの指輪がまるで磁石に吸い付けられるようにスッと移動して千夏の左薬指に嵌る。

びっくりする千夏に、元気は照れくさそうに笑った。

「ポルターガイストと同じ原理だよ。このためにこっそり練習したんだ。なんでも動かせるわけじゃないんだけど、感情が高ぶると大きく動かせるみたい」

「すごい、そんなこともできるようになったんだ。……あ、それじゃあ今度は元気が手を出して」

千夏はリングケースからシルバーのリングを手に取ると、彼の太く長い左薬指に嵌《は》める。半透明のリングが彼の指にはまった。そしてリングの実体の方はスッと空間に溶けるように消えてしまった。

二人の指にある、二つの指輪。おそろいの形。もうずっと前から指に嵌っていたかのように、二つの指輪はしっくりと馴染《なじ》んでいた。

見上げると彼は、

「ああ。やっと、渡せた」

そうふわりと幸せそうに笑った。

もうその笑顔を見たら限界だった。千夏の視界が歪《ゆが》む。もっと、その笑顔を見ていたかったのに、次から次へと涙があふれてきて彼が見えなくなってしまう。

彼のいう『やっと』には、一体どれくらいの想いと時間が詰まっていたんだろう。ふと思いだす。彼はプロポーズの指輪を持ったまま死んだのだと。

「私で、いいの？」

だからつい、そんなことを聞いてしまった。

しかし元気は、穏やかに笑う。

「千夏以外に、誰がいるのさ。俺が好きなのは君だから」

その言葉を聞いたら堪《たま》らず、千夏は元気に腕を回して身体を寄せる。どちらからともなく、唇を重ねた。感触はないけれど、そんなこともうどうでもよかった。

「ありがとう。大事にする」

「うん。俺も」

こんなにお互いを近くに感じたのは初めてかもしれない。

秋の長雨が止んだ数日後の夜。ようやく千夏たちは神田《かんだ》の物件の現場調査に来ることができた。

晴高が南京錠を開けている間、元気はボンヤリと防音シートに覆われた現場を眺めていた。いつも賑《にぎ》やかな彼が、今日はやけに口数が少ないように思う。

「元気？　どうしたの？」

「ああ、うん。ちょっと考え事してて……」

「考え事？」

「うん。何度思い返してみても、俺がこの物件を担当してた頃はさ。そんな幽霊の噂なんて全く聞いた記憶がないんだよね。ってことは、いつの間に幽霊が住み着いたのかなって」

これには晴高が応じる。

「最初の怪奇現象らしきものが現れたのは、前の建物の解体工事が始まったくらいからしいな。元々家に憑いてた霊が上物《うわもの》の解体を嫌がって抵抗しだしたんじゃないのか？」

「そうなのかなぁ。……まぁ、いいや。俺から入ればいいんだろ？」

「ああ、頼む」

一番霊を感知しやすい元気が先に現場に入って安全を確認してから千夏たちが後に続くのが、最近の定番パターンになっていた。

晴高がめくった防音シートの隙間から、元気が中に入る。十数秒後、中から彼の元気な声が聞こえてきた。

「今のところ、昼間とあまり変わりはないかな。見られてる気配はするけど、相変わらず隠れてる」

それを聞いて、晴高と千夏も敷地の中へと入る。

中は防音シートに囲まれているせいで、街灯の光も届かず真っ暗だ。懐中電灯を向けたところだけ、闇が切り取られたように明るい。

そのまましばらく待ってみたのだが、何も起こらなかった。

「これじゃ、ラチがあかんな。重機持ってきて掘る真似でもすりゃ出てくるか？」

「お前、重機の免許なんて持ってんの？」

「持ってるわけないだろ。本店の下請けから運転手付きで借りてくんだよ」

なんて晴高が言ったときだった。

ズンと空気が重くなる。急に身体の周りに粘着性の見えない何かがまとわりついたかのように、身体が動かない。

「来たな」

晴高の呟《つぶや》きのあと、どこからともなく妙な音が聞こえてくる。


ザクッ……ザザッ、ザクッ………ザッ、ザザッ……


耳障りな音が三人を取り巻いていた。

(なに……？　なんなのこの音……)

足音とは違う。もっと重く、不規則な音だ。

ザクッ……ザザザッ…ザッ、ザクッ………ザッザッ……

すぐ耳のそばまで音は迫る。しかし、それが何なのかはわからない。ただ音だけが聞こえるのだ。

「何か掘ってるみたいな音だな」

ぽつりと晴高が言った言葉で、千夏もようやく何の音なのかイメージが湧いた。

スコップを深く地面につきさし、足で体重をかけて地面に押し込み、土をすくってそばに捨てているような、そんな場景が頭の中に浮かんでくる。

次いでボソボソと何かが聞こえてきた。チャンネルのあっていないラジオの音声のように、男声だということはわかるのに何を喋《しゃべ》っているのかはまったく聞き取れない。

しかも、音と声だけで霊の姿は視えない。千夏が注意深くあたりに目を配った、そのとき。

「う、うわっ！」

元気が大きな声をあげて、ぐらっと体勢を崩した。

え？　何が起こったの⁉　と隣に立っていた元気に目を向けた瞬間、千夏は思わず叫びだしそうになった。慌てて口を自分の手で押さえて悲鳴を呑《の》み込む。

晴高の持つ懐中電灯に照らされた、元気の足元。そこに、いつの間に現れたのか、男の上半身が生えていた。

頭も腕も身体も、泥と土にまみれていて人相はまったくわからない。しかし、土人形のような顔に浮かぶ、充血した目。開けた口からは白い歯と、赤い舌が覗《のぞ》いていた。ずっと聞こえていた声らしきものが、段々何を喋っているのか明瞭《めいりょう》になってくる。

……スマナイ……ユルサナイ……ダマサレタ……ミヌケナカッタ……モウシワケナイ……

その声と血走った眼に宿っていたのは、執念。もしくは怨念《おんねん》というべきものだったのだろうか。誰かに対するすさまじい恨みのようなものが一見して視て取れた。

「なんだ、こいつっ⁉」

地面にしりもちをついた元気の足に、男の霊は抱きついていた。

元気は足で払いのけようとするが、男の霊は両腕でがっちりしがみついて離れない。

そのうえ、ズルッズルッと元気の足が土の中へ引っ張り込まれそうになる。

「やばっ。こいつすげぇ力強い」

助けを求めて手を伸ばした元気。

「元気っ⁉」

思わずその手を摑《つか》もうとした千夏を、晴高の声が制した。

「馬鹿っ！　今のソイツに触れるな！」

そうだ。いま元気に触れれば、その元気に触れている霊の心と同調してしまう。それに気づいて慌てて手を引っ込めなきゃと思うが、もう遅かった。わずかに指が触れてしまっていた。千夏の頭の中でバチンと何かがスパークする。

………。

暗かった千夏の視界が一面、真っ白になった。千夏はあまりの眩《まぶ》しさに目を眇《すが》める。

白い光が収まると、目の前の景色に別の景色が重なっていた。

そこはどこかの事務所のようだった。

目の前では、五十代と思《おぼ》しき男女が険しい顔をしてこちらを見ている。

二人に対して、千夏が目を借りているこの人物は声を荒げた。太い男性の声だった。

『話が違うじゃないか！　俺が、いつここを売るって言ったんだ！』

それに対して、目の前の男がへらへらと笑いながら言う。

『兄さんは古いんだよ。ここが幾らになると思ってんだ？　ここを売れば、もっと店を増やせる。本店なら別に移しゃいい。青山《あおやま》にいい物件みつけたんだ。なぁ、咲江《さきえ》』

隣で腕組をしている化粧の濃い五十代の女にそう言うと、咲江と呼ばれたその女はうなずいた。

『ええ。お兄さん。地価があがっている、いまのうちに売ったほうがいいんですよ』

しかし、この人物は拳《こぶし》で目の前の机を強く叩《たた》く。

『ここは先祖から受け継いできた土地だ。なんでいまさら、他に移さなきゃならない。

父さんの遺言を忘れたのか？　俺ら兄弟でここを守って、店を盛りあげていくことをあんなに望んでただろうが！』

場面が移る。

広い厨房《ちゅうぼう》のような場所にいた。そこで、料理の下ごしらえをしているようだった。

その耳に、複数の声が聞こえてくる。庭を、三人の人物が話しながら歩いているようだ。

あの弟と咲江という女。それにもう一人若い男性の声が聞こえてきた。

それを聞きながら、この人物の心の中は怒りで煮えくり返りそうになっていた。

若い男の声が「今日は、お忙しい中、ご協力いただきありがとうございました。またご連絡します」というのが聞こえる。彼の足音はそのままどこかへ去っていった。

彼がいなくなったのを確認してから厨房を出ると、池の前で鯉に餌をやっている咲江の姿が目に入った。今日は、しとやかな和服姿だ。

彼女に何か激しく言葉を浴びせながら迫る。咲江は怯《おび》えた目をしていた。

そのとき、突然、後頭部に激しい痛みを感じて蹲《うずくま》った。痛みに耐えながら振り向くと、花瓶を手に持った無表情の弟がいた。弟はその花瓶をもう一度振り上げ、そこで視界が真っ暗になる。

弟の声が聞こえる。冷たい響きだった。

「じたばたすんな。山にでも、埋めときゃバレやしないさ」

ところが、その弟が急に焦った声をだした。

「……やばい。見られた。アイツだ」

バタバタという足音が、暗闇の中で遠ざかる。そこで意識は途切れた。

…………。


バチン、と再び頭の中に静電気が走るような衝撃があって、千夏は我に返った。

気がつくと元気の足に絡みついていた、あの霊はいなくなっていた。

はぁっと千夏は安堵《あんど》の息を漏らす。

「大丈夫か？……ったく。容易に同調すんなって言っただろう。命、もってかれたいのか？」

若干怒気をはらみながら、晴高が言う。

「すみません。つい、うっかりしていました」

まだ同調するつもりはなかったのだが、こちらにそういう意思はなくても、幽霊に触れている元気に触わると自動的に同調が始まってしまうようだ。気をつけなきゃ。

「あの霊は、まだ完全に悪霊になりきっちゃいなかったが、いつなってもおかしくないくらい怨念をため込んでいるようだった。今回、なんともなかったのは単に運が良かったからだ。アレとは絶対に同調するなよ」

「はい。ということは、やっぱ除霊ですか……？」

「そうせざるをえんだろうな」

そこで、ここまで元気が全然会話に交ざってこないことに気づく。心配になって、晴高から懐中電灯を借りると元気を照らした。

「……元気？」

元気は霊に足に絡みつかれたのがショックだったのか、いまだ地面に座り込んだまま茫然《ぼうぜん》としていた。

「元気。どうしたの？」

彼の目の前で手をひらひらさせてみると、彼はハッと我に返って千夏に目を向ける。

しかし、その瞳《ひとみ》はなんだかとても落ち着かなげだった。

「いや、なんでもない……。あ、そういえば。あの霊は？」

元気は立ち上がると、キョロキョロとあたりを見回す。

そのときゴソゴソッという音が聞こえた。三人の視線がその音を追う。

音がしたのは、この敷地のスミだった。千夏がそちらに懐中電灯を向ける。

懐中電灯の光に浮かび上がったのは、一本の腕。土と泥に塗《まみ》れた肘《ひじ》から先の部分が、地面から生えていた。その腕は人差し指をたて、地面の一点をさしている。三人がそれを視た瞬間、すーっと闇夜に溶け込むように消えてしまった。

あの腕は、おそらく元気にしがみついてきたあの霊のものだろう。

でもあの霊が示した場所へ行ってみるが、特段他と違う様子はなかった。

「特に何もないですね」

そういう千夏に、元気がうーんと唸《うな》る。

「もしかして、ここを掘れとか言ってるんじゃないかな。何か掘れるようなものって持ってたっけ？」

「スコップみたいなもの、どっかで買ってくる？」

そう提案してみたが、晴高は首を横に振った。

「ここは整地済の土地だ。もし今も何らかのものが埋まっているとしたら、相当深いはずなんだ。それこそ重機が必要かもしれないな。霊自身が掘れって言ってるんだから、邪魔されることもないだろう。ちょっと借りてみるか」

というわけで、今夜の調査はそれでお開きになる。その晩は、家に帰ってからも元気は口数が少なかった。何か考え込んでいるようだったが、千夏が聞いても彼はただ笑ってなんでもないと言うだけだった。


数日後。

晴高が小型のショベルカーを借りてきた。もちろん、作業してくれる人付き。

雨が降ったばかりだったので土壌は柔らかく、簡単に土が掻《か》き出されていく。やはり今回は霊による妨害はまったくなかった。

ショベルカーは一回土を掻くごとに、穴の横に掻きとった土をあける。その小山になった土を、千夏と晴高とでスコップを使って慎重に再度掘った。中に何か埋まっていないかを確かめるためだ。埋まっているものが壊れやすいものである可能性もあるため、慎重に土を掻いた。

そして、穴の深さが一メートルほどになったときだった。

晴高が調べていた土の山の中から、何か四角い金属の板のようなものが出てきた。土を払ってみると、それは一台の黒いスマホ。画面は大きく割れ、フレームは歪《ゆが》んでいる。完全に壊れていそうだ。慎重に作業していたので、ショベルカーでついた傷とは考えにくい。埋まる以前に強く踏まれたか叩かれたかしたようだった。

もちろん電源は入るはずもない。裏をひっくり返すと、文字が印字されたシールが二枚貼られている。一枚には、銀行名が書かれていた。

(あれ？　これって)

それは、千夏たちの働く八坂不動産管理水道橋支店が入っているビルの下の階にある銀行名だったのだ。そして、元気が生前勤めていた銀行でもあった。

もう一枚のシールは、『No. 19』と番号が振られている。

「銀行の、社用スマホか？　これ、確かお前がいた銀行だろ？」

晴高が元気にスマホを見せる。しかし、元気の様子を見て晴高は怪訝《けげん》そうに眉《まゆ》を寄せた。元気が、大きく目を見開いたまま、そのスマホを見つめていたからだ。

そして、彼は唸るように呟《つぶや》いた。

「なんで、こんなとこに……。これ……俺の使ってたスマホだ」

明らかに動揺している様子の元気。しかし、千夏も晴高も事情がさっぱりわからない。

なぜ、マンション建設予定地に三年前に死んだ高村元気の社用スマホが埋まっているのか。なぜ、あの霊はそれを知っていたのか。あの霊は何者で、なぜそれを訴えかけようとしていたのか。

その後もショベルカーで掘ってみたが、他には何も見つからなかった。

とりあえず元気から事情を聞かないと埒《らち》があかない。

しかし、元気はあまりにショックが大きかったのか、茫然として心ここにあらずの状態だった。

事情も気になるが、それ以上に千夏には元気の状態が心配だ。

「元気。一回、職場に戻ろう？」

千夏がそう尋ねるが、彼は思いつめた顔で小さく頷《うなず》くのがやっとのようだった。

晴高は使い終わったショベルカーの搬出作業と作業員への応対をてきぱきと終え、その後来るときに乗ってきた社用車で、三人は職場へと帰ってくる。

幸運にも会議室が空いていた。元気は椅子に腰掛けると、テーブルに両肘をついて頭を抱えてしまう。そんな彼を心配しながら隣に千夏も座った。

晴高が、職場のコーヒーメーカーで淹《い》れたコーヒーのカップを三つ手にして戻ってくる。香ばしい香りが漂ってきた。それを千夏と元気の前に置くと、晴高はその向かいに椅子を持ってきて座る。

「とりあえず。それでも飲んで落ち着け」

「ありがとうございます」

千夏は礼をいうとカップを手に取った。湯気のたつコーヒーを口に含む。苦みが頭を少しクリアにしてくれるような気がした。たぶん、元気の様子に千夏自身も動揺していたのだろうと今になると思う。

元気はいまだに、コーヒーに手を付けることもなくテーブルの上で頭を抱えていた。それに構わず、晴高は足を組んで悠然とコーヒーを飲む。ゆっくり時間をかけて一杯飲み終わってから、ようやく元気に声をかけた。

「元気。俺たちには、さっぱり事情が見えてこない。でも、知ってることを全部話せとは言わない。お前の負担にならない範囲で、話せるだけでいいから。何か話せることがあったら、教えてもらえないか」

そう尋ねる晴高の声は、淡々とはしていたがどこか優しい響きがあった。

あのスマホは、ビニール袋に入れて晴高が持って帰ってきている。

それをカバンから取り出すと、テーブルにコトリと置いた。

その音に、元気がようやく頭を上げてビニール袋に入ったスマホを見つめる。

裏面に貼られた銀行名とナンバーの印字されたシール。元気はそのシールをそっと指で撫《な》でた。

「やっぱり……間違いない。これ、俺が使ってたスマホだ。……でも、どこかでなくしてしまったんだ。俺はそれで、始末書を書かされた」

「なくしたのは、いつだ？　どこでなくしたか覚えているか？」

晴高の質問に、元気はしばらくジッとスマホを見ていたが小さく首を横に振った。

「どこでなくしたかは、覚えていない。というか、あの時も始末書に紛失場所は不明って書いた覚えがあるんだ。いつも仕事で外に行くときはカバンに入れて持って出て、現場記録用のカメラとして使ってた」

スマホに視線を落とした元気の目は、どこか遠くを見ているようだった。

「なくしたのは……たぶん、俺が死ぬ一週間くらい前、だったかな。新しいスマホを職場から借りるはずだったんだけど、予備がなくって。総務から一週間くらい待ってるように言われたけど、結局……」

新しい社用スマホを受け取る前に、元気は事故死してしまったのだという。

「でも、なんでそのスマホがあの敷地に埋められてたんでしょう」

千夏がそう言うと、晴高も元気も黙ってしまった。しばらくの沈黙のあと、口を開いたのは晴高だった。

「可能性として考えられるのは、元気が生前仕事であの物件に行ったときに落としたか……もしくは、誰かに埋められたか、だ」

その可能性を千夏も考えないではなかったが、なぜそんなことをするのか全く理由の見当がつかなかった。

「お前は、生前あそこの物件の融資を担当してたんだろ？　ってことは、あの物件にも行ったことがあるんだよな？」

晴高の質問に、今度は元気はしっかり頷く。

「何度か行ったことがある。融資の可否を決めるのに、不動産登記簿と現状が合ってるかどうかとか、建物の状況だとか近隣の様子だとか、そういうのを確認しにいくんだ」

「ということは、それを確認しに行ったときに落としたとも考えられるんだよな？」

もう一度、元気は頷く。晴高は、自分の考えを整理するようにゆっくりと話した。

「でも、もしそうなら建物を撤去したときのガラと一緒に、処分されると考えた方が自然だ。なのにこのスマホは深い土の中から見つかった。ということはだ」

一旦《いったん》言葉を区切ると、晴高は元気を見ながら言った。

「お前のスマホは実は紛失したんじゃなくて、誰かに盗まれたんじゃないのか？　そして、壊されて地中深くに埋められた。お前たちが見たっていうあの霊の記憶からすると、あの霊はどこかで殺されたものだと思われる。その霊が、お前のスマホのありかを教えた。それが意味するものって……」

「あ、あの霊の記憶だけど」

晴高が結論を言う前に、元気が言葉を遮るように口を開く。

「あの霊の記憶に映っていた男女。あの人たちに見覚えがあるんだ。あれは、あの物件の前の所有者。俺も何度か顔を合わせたことがある。たしか、阿賀沢《あがさわ》さんって言ったかな。阿賀沢さんは先代から相続して兄弟で共有してあの不動産を持っていた。殺されたのは、おそらくお兄さんの方だ。俺は、お兄さんとは一度も会ったことがないけど」

元気はそこまで一気に話すと、大きく息を吐きだしてコーヒーのカップを手に取りごくりと飲んだ。千夏と晴高は先を促すこともなく、黙って元気が再び話し出すのを待つ。コーヒーを飲みほすと少し落ち着いたのか、元気は再びぽつりぽつりと話し始めた。

「お兄さんが殺された場所。あれは間違いなく、あの物件の敷地だよ。あそこは以前は池があった。俺も現場調査で見に行ったことがある。そう……俺、あそこに行ったことがあるんだよ」

元気の顔が、くしゃりと歪んだ。ひどい苦痛を耐えているようにも、泣きそうなのをこらえているようにもみえる表情。

「あの霊の記憶の中で、阿賀沢さん夫婦とお兄さん以外に、もう一人男の声が聞こえてただろ」

そういえば、阿賀沢兄が殺される直前。あの物件を訪れていた誰かの声が聞こえていた。その姿は見えなかったが、若い男性のような声だった。

「あれ……俺の声だ。俺、あの日、あの場所にいたんだ」

「じゃ、じゃあ……元気は、阿賀沢さんのお兄さんが殺されたことは知っていたの？」

千夏が率直にそう口にすると、彼はぶんぶんと大きく首を横に振った。

「そんなの知ってるわけないじゃないか。俺、そもそもお兄さんとは面識なかったし。会ったことあるのは弟さんと彼の奥さんだけだった。でも、お兄さんも売買には同意してるけど仕事が忙しいから来れないって言われて」

嫌な予感がした。心臓が不協和音を奏でているような、嫌な動悸《どうき》がする。たぶんそれは、千夏だけでなく晴高も、そして元気自身も感じていたのだろう。

でも、誰もそれを口にはできなかった。そのことに気づきたくなかった。

「とりあえず、だ。その日のことをもう一回思い出して整理してみろ」

晴高の言葉に、ごくりと元気が生唾《なまつば》を飲み込む。

「どうだったっけな……。普段は客先に行くときは上司と二人で行くことが多かったんだ。銀行内の決まりで、そうなってた。でも、あそこに行ったときは、一人だったような気がするんだよな……たぶん、一緒に行く予定だった上司にたまたま急な用事が入ったとかで一人で行くことになったんじゃないかな。あの頃まだ、阿賀沢さんたちはあそこで料亭をやってたから、時間や日程はずらせなかったんだと思う。それで、俺は一人で行って。阿賀沢さんの弟さんとその奥さんが応対してくれて、一緒に建物や庭を見たのは覚えているんだ。そんで、一通り見た後、あの霊の記憶にもあったけど、たぶん礼を言って職場に戻ったんだと思う」

それは通常の業務の一部であり、なんの問題もないはずだった。だからこそ、元気自身もあまりはっきりとは覚えていないようだった。

「まっすぐ職場に戻ったのか？　どこかに寄ったりせず？」

晴高の問いかけに、元気はこくんと頷《うなず》いたが。

「あれ？　ちょっと待って……。俺、大体、現場に行ったときは、建物とか周りの様子とかを写真に撮らせてもらうんだ。あの日はどうしたんだっけ……」

そこまで呟《つぶや》くように言ってから、言葉が止まる。

しばらく何かを考えたあと、元気は「あ」と言って顔を上げた。

「そうだ。写真だ。阿賀沢さんたちと別れて一旦帰りかけたときに、写真を撮ってなかったことを思い出したんだ。でも、話してるときにあとで写真撮らせてくださいねって聞いてOKをもらってたから、とくに気にせずそのまま道路からあの料亭の写真をこのスマホで何枚も撮ったんだ。あの当時はぐるっと庭全体を覆うように背の高い垣根があって。その周りから何枚も」

そこまで早口で言ってから、元気の声のトーンが落ちる。

「でもそしたら突然、阿賀沢さんが出てきて。ほんのちょっと前に別れたときの親し気な様子から豹変《ひょうへん》して、すごく怒ってたんだ。勝手に撮るなって言って。でも俺、一応許可はとってあったし。なんでそんな怒られるのかわからなくて、とりあえずひたすら謝って職場に戻った。……すごく驚いたし怖かったから。あのときの阿賀沢さんの顔。いま、はっきり思い出した」

三人の視線が、自然とスマホに集まった。

このスマホで元気が撮った写真。

そして、阿賀沢兄と思《おぼ》しき霊の記憶の中で見た場景をつなぎ合わせてみると、元気が写真を撮った時間帯とその垣根の向こうで殺人が行われていた時間帯がちょうど重なる。

その後、阿賀沢弟が写真を撮るなと激高していたことからしても、彼らもそのことを知っていたはず。

「このスマホの中の写真って、取り出せないんでしょうか」

その写真に何が写っていたのかは予想がついた。でも、確認してみたかった。

「これだけ派手に壊れてると、データを取り出すのは難しいかもしれないな」

そう晴高は唸《うな》ったが、元気は「そうだ、ちょっとスマホ使ってもいい?」と言ってテーブルに置いてあった千夏のスマホで何かを探し始める。

「俺、データは自分のクラウドに保存してあったんだ。まだ生きてるかな……ここ、無料だったからまだ登録は……」

元気が慣れた手つきで操作すると、クラウドに保管されていた写真フォルダが出てきた。いくつかのフォルダがあったが、元気は『仕事用』と書かれたものを開く。途端にディスプレイいっぱいに写真画像が現れた。撮影した日付の新しいもの順に並んでいる。

「あった。このあたりだ」

それは、十数枚の写真だった。背の高い垣根と、さらにその隙間から奥にある日本家屋がわずかに見える。現在は取り壊されて残っていないその建物や垣根に千夏は見覚えはなかったが、一緒に写り込んでいる道路の感じや近隣の建物からそこがあのマンション建設現場と同じ場所だというのはわかる。

その中に、その写真はあった。

垣根の間から、何か白いものを振り上げている男性が写り込んでいる写真。さらにその男性の足元に誰かが倒れているのも写っていた。おそらくそれは、弟に後頭部を殴られて倒れた阿賀沢兄なのだろう。

「これか……この写真をとったから阿賀沢さんはあんなに怒っていたのか……」

そして激高しただけにとどまらず、元気からそのスマホを何らかの方法で盗んで壊して埋めたのだ。すべては殺人の証拠を消すために。

元気は、もうこれ以上見たくないというように再び頭を抱えた。

「元気。もう一回確認させてくれ。お前が事故死したのって、それからどれくらいあとのことなんだ」

一つ一つ言葉を置いていくように、慎重に言葉を並べて尋ねる晴高。

元気は頭を抱えたまましばらく黙っていたが、やがてボソボソと答えだす。

「そのすぐあとにスマホをなくして。それから一週間も経ってないから……」

「そうだよな。それくらいだって言ってたよな。……なあ。お前もうすうす気づいてるよな」

静かな晴高の声。元気はうつむいたまま、何の反応もしない。いや、できないのかもしれない。千夏にも晴高が言おうとしていることは、わかっていた。でも、それを口にはできなかった。その可能性を考えたくもなかった。

しかし、相手は既に人を殺している殺人犯なのだ。そんな相手に倫理や法律が何の妨げになるだろうか。

「お前が死んだ自動車事故。それって、……本当に事故だったのか？」

晴高の言葉に、わずかにびくりと元気の肩が動くのが千夏にもわかる。

胸が苦しい。でも、元気はいま、千夏とは比べ物にならない遥《はる》かに残酷な苦しみの中にいるのだろう。

晴高は続ける。

「お前は、殺人の証拠隠滅のためにあいつらに殺されたんじゃないのか」

元気は何も答えず、うつむいたまま。

千夏も何か元気に声をかけたいと思うのに、どんな声をかければいいのかもわからない。何も浮かばない。どんな言葉を並べたところで、元気がいま抱えている絶望の大きさに比べれば稚拙なものに思えてしまう。

ただ、悲しかった。なんで元気がそんな目にあわなきゃならないんだろう。そんな他人の身勝手なことで、すべてを奪われなければならなかったんだろう。

何も悪いことなんてしていない。普通に仕事をして普通に暮らしていただけの元気は、そのあと迎えるはずだった楽しいことも、嬉《うれ》しいことも、その人生のすべてを奪われたのだ。

それなのに彼を殺したかもしれない人たちは、いまものうのうと暮らしている。

もしかすると、あの物件を売ったお金で人生を謳歌《おうか》しているかもしれない。

そんな理不尽なことなんて、あっていいのだろうか。

悔しい。悲しくて、とてつもなく悔しい。千夏は何も言えないまま、ただ唇を噛《か》んでいた。

しばらくして、テーブルの上で頭を抱えたままだった元気が、ぽつぽつとしゃべる言葉が聞こえてくる。

「俺。あのときから、違和感を覚えてたんだ」

「違和感？」

頭の中に渦巻くたくさんの感情に押しつぶされそうになって声すら出せない千夏とは違い、晴高は淡々と聞き返していた。

「俺、自分を轢《ひ》いた運転手の裁判も傍聴しにいったんだ。その人は、疲労で居眠りしてたせいで赤信号を見過ごして、横断歩道を渡っていた俺を轢いたってことになってた」

感情をこらえたように抑えぎみの、いつもより低い声を絞り出すように元気は続ける。

「でもさ、俺。轢かれる直前に、あの人のこと見てるんだ。絶対にあっちも俺のことを見てたんだよ。目が合った気がしたんだ。こっちにすごいスピードで走ってくるとき、ハンドル握りながらあの人は確かに俺のことを見てた」

「じゃあ、居眠りじゃなかったと」

「絶対に居眠りなんかしてなかった。ブレーキ痕《こん》もなかったんだ。あの人は俺を見ながらブレーキを踏むこともなく俺を轢いたんだ」

そして顔を上げると、一呼吸挟んでから、いっきに吐き出す。

「いま、わかった。俺、だから幽霊になってずっとここに残ってたんだ。それが未練だったんだ。自覚してなかったけど、たぶん気づいてたんだよ。あれが事故じゃないってこと。殺されたんだってことも！」

そう叫ぶように言うと、元気は晴高と千夏の顔を交互に見比べて目を伏せた。

「だから……俺、もうここにはいられない。自覚してしまったらもう、見て見ぬふりなんてできない」

元気はこちらを見ずに、そう呟くように言う。

千夏の背筋に、ぞくりと寒気が走った。心臓の音が嫌に大きく聞こえる。その音は不安が大きくなるのに合わせて、どんどん大きくなるようだった。ダメ。いま、ここで元気を行かせたらダメだ。もう二度と会えなくなるかもしれない。そんな直感に息ができなくなりそうだった。

「元気。お前、そいつらに復讐《ふくしゅう》しようとか考えてるんじゃないよな」

晴高の問いかけに、元気は言葉を濁す。

「わかんない、わかんないけど」

曖昧《あいまい》なままはっきりとは言わないが、元気が復讐を意識していることは痛いほどわかった。千夏自身だって、彼と同じ目に合えば同じことを考えるだろう。

「恨みのままに行動すれば、いずれあの工事現場にいる阿賀沢の霊みたいになって、やがて悪霊になるぞ」

晴高は、元気を射るような視線で見ながら、そう強い口調ではっきり口にした。

元気は晴高と目を合わせるものの、引くことも、反発することもなく、ただ悲しそうにその視線を受け止める。彼自身も悪霊云々《うんぬん》のことはわかっているのだろう。

しかし、だからといって逃げることもできないにちがいない。彼がこの世に幽霊として残っているのは、未練を抱いているのはまさにそのためなのだから。

元気は、目元を和らげて穏やかな口調で言った。

「晴高と千夏はこの件からは手を引いてほしい。これは俺の問題だし。相手は二人も殺してるんだ。危険すぎる」

そして千夏を見ると、微笑んだ。泣きそうな笑みだった。

「それと、千夏。いままでありがとう。俺、すごく楽しかった。いっぱい、良くしてくれてありがとう。でも、ごめん。俺のことも、この事件のことも忘れて……」

元気がどこかに行ってしまう。自分の手の届かない遠くに行ってしまう。そんなの耐えられなかった。

「いやっ」

反射的に言葉が口をついて出てくる。

「……千夏」

「嫌だ。いやだいやだいやだ！　そんなの絶対に嫌！」

千夏はいやいやをするように大きく首を横に振ると、テーブルの上に置いてあった元気の壊れたスマホを手に取った。それをトートバッグに入れて肩にかけると、元気の横を通り過ぎ、会議室の出口に向かって足早に歩きだす。

「おい！　お前も、どこに行くんだよ！」

晴高の声に千夏は立ち止まる。

そのまま無視して行こうか迷ったけれど、一応彼は上司でもあるので、勤務時間中のいま無断で外出するのはまずいだろう。千夏はくるっと振り返ると彼に言った。

「警察に行ってきます」

「なんのために」

「決まってるじゃないですか！　あの物件の敷地から、元気のスマホが出てきたことを教えて、もう一度捜査をやりなおしてもらうんです！」

「ただ敷地からスマホが出てきたってだけじゃ、殺人の証拠になんかなりえるわけないだろ。たぶんあの霊は世間から死んだと思われてない。遺体すらみつかってないのに、どうやって警察に動いてもらえるっていうんだ。まして元気の死亡は事故ってことで片付いてるんだぞ」

晴高の言うとおりだった。いまはまだ警察は、阿賀沢兄の件も元気の件も、殺人事件とすら認識していない。

「それは、そうですが……」

千夏は唇をかむ。理不尽に元気を殺しておきながら、まったく罪にすら問われていないだなんて。

「千夏、ありがとう。そうやって俺のために怒ってくれるだけでも、俺には充分だから」

穏やかな元気の声。ああ、そうだ。あなたはそうやって、たくさんの理不尽を呑《の》み込んできたんだ。それがもう、悲しくて仕方がなかった。

「だって……許せないよ。元気には、もっとたくさんの未来があったはずなのに。楽しいことも、嬉しいことも、悲しいことも、辛《つら》いことも。人としての人生の出来事がいっぱい残されてたはずなのに。それを全部、理不尽に奪ったやつらを許せない」

「でも、俺はそのおかげで君に出会えた」

はっきりと元気はそう口にする。それだけが、ただ唯一の真実なのだと。それだけが唯一の望みだとでもいうように。

千夏の瞳《ひとみ》が涙で滲《にじ》む。口をついていっきに言葉がでてきた。

「私と出会ってなくても、元気は生きていれば幸せになってたはずでしょ！　死んだことで見てきたたくさんの悲しい思いや、やりきれない思いをしなくて済んだでしょ⁉

たとえ元気と出会えなかったとしても、私はあなたが幸せな方がいいもの。それに、このまま元気を一人で行かせたら、元気が元気のままではいられないような気がしてすごく怖い」

晴高が言っていた、悪霊になるということがどういうことなのかはよくわからない。でもそれはきっと、幸せとは真逆にあるものなのだろう。延々と終わらない怨嗟《えんさ》と苦しみの中にいることになるのだろう。

絶対に元気を一人で行かせてはいけない。それだけは、絶対に譲れなかった。

じっと睨《にら》むように元気を見つめる。元気も、こちらから目を離さず見ていた。

どれだけそうやって、お互い無言で膠着《こうちゃく》していたのだろう。その沈黙をやぶったのは、晴高の嘆息だった。

「どっちの希望も聞くわけにはいかないな。元気、自ら悪霊になろうとしているお前を俺が見逃すとでも思うのか？　いますぐここで除霊するぞ。千夏、相手は二人も殺してる殺人犯だ。下手に動けば、お前の命だって危ない。だから、まぁ結局、現状維持だ。三人で何とかするしかない。ただ目標は変える。あの霊を除霊か成仏させるっていうのは第二目標にして、第一目標は」

晴高は千夏と元気の顔を交互に見る。

「殺人犯どもの検挙だ。というわけで、幽霊専門係、再始動だな」

千夏と元気は静かに頷《うなず》いた。

落ち着いたところで、改めて状況を整理してみようということになった。

まず、警察に殺人事件として動いてもらうためには、阿賀沢兄か高村元気の死亡に殺人の疑いがあるという証拠をつきつける必要があるだろう。

しかし、元気の方はスマホが出てきただけでは証拠として弱すぎた。もうとっくに遺体も火葬されてしまっているし、両親や元彼女もあれが事故ではなく殺人だったとは全く考えていないのだという。事故車両もとっくに廃車になっているだろう。立件の可能性があるとしたら、元気を轢いた相手が自白することぐらいだろうか。

一方、阿賀沢兄の方については彼らが経営している料亭のサイトを探してみたところ、会社紹介の役員の欄には現在も兄の名前が載っていた。阿賀沢浩司《あがさわこうじ》という名のようだ。

もし彼の遺体を発見できれば、殺人として警察が動いてくれる可能性は一気に高くなる。阿賀沢浩司が殺されたとわかれば、同じ敷地内に埋められていた元気のスマホと、元気のクラウドに残っていた写真を証拠に出すことで、元気の件も殺人事件として捜査してもらえる可能性があった。

「というわけで、まずは阿賀沢浩司の遺体をみつけるのが先決だろうな」

晴高が、そう結論づける。

「でもさ。どうやって、探すんだよ」

元気もさきほどまでの思い詰めた様子が薄れ、いつもの穏やかな表情が戻ってきていた。

「あの土地を整地したときに遺体は出てこなかった。ということは、どこかに運び出したんだろうな」

「やっぱり、山……ですかね」

千夏の言葉に、元気も頷く。

阿賀沢浩司の霊の記憶を見たときに、弟が言うのが聞こえたのだ。

『じたばたすんな。山にでも、埋めときゃバレやしないさ』

それだけで本当に山に埋めたかどうか確証は持てないが、東京のど真ん中で成人男性の遺体を隠せる場所などそう選択肢はない。都心からだって、車で数時間走ればあっという間に山の中だ。

千夏は、テーブルに置いたスマホに目をやる。なんとしても、彼らの罪をあばきたい。その表の顔の裏にあるものを引きずり出したい。元気のためにも。スマホのありかを教えてくれた阿賀沢浩司の霊のためにも。

「……実は、ちょっと思いついたことがあるんです。極力私たちに危険が及ばなくて、彼らに自分から行動してもらえる方法なんですけど。元気、あのポルターガイストってやつ、またできるかな？」

千夏はずっと考えていた作戦を二人に伝えた。それは自分たちにしかできない作戦だった。

すぐに晴高は阿賀沢弟夫妻に電話で連絡をとる。

連絡の内容は、『物件を調査していたところ、前所有者のものと思《おぼ》しき品物がでてきたので確認したい』ということにした。その品物が『壊れたスマホ』で、『銀行の名前があったので、その銀行に引き渡してもよいか』とも伝えたところ、すぐに受け取りに行くとの返事があった。

彼らにとっても、わざわざ壊して埋めたはずのスマホが今頃になって出てくるのはマズイと感じたのだろう。

会う場所は八坂不動産管理の会議室。

約束の日時に高級外車に乗って現れたのは、五十代半ばと思しき短く刈り込んだゴマ塩頭の男性と、同年代の厚化粧の女性だった。

晴高は彼らを会議室へ案内する。千夏は彼らの後からついて歩きながら、隣にいる元気の様子をうかがった。彼はいつもより緊張した面持ちをしていた。

会議室へはいると、長テーブルの奥へ阿賀沢夫妻を座らせ、手前に晴高と千夏の二人が座る。元気も隣にいるのだが、彼らには視えてはいないようだ。

男性は交換した名刺から阿賀沢弟、本名・阿賀沢良二《あがさわりようじ》であることは確認できた。女性の方は良二の妻、咲江《さきえ》だ。

二人とも浩司の記憶の中で見た人物と同じだった。

お互いに当たり障りのない挨拶《あいさつ》を交わしたあと、まず晴高が話を切り出す。

「本日お呼び立てしたのは、先日お電話でもお伝えしましたが、このスマホの件です」

晴高は透明なビニール袋に入ったあのスマホをテーブルの上に置いた。阿賀沢夫妻はちらりとお互いの目を見合わせる。

「それは、うちに来てた銀行マンがうちで落としてったものなんだよ。いつか返さなきゃいけないなと思ってたんだが、まさかそんなところにあったなんて」

愛想笑いを浮かべながら良二は言う。銀行マンとは、高村元気のことだろう。

晴高は話を続ける。

「ここの下の階にある支店ですよね。よろしければ私どもの方でお返ししておきますが」

「ああ、いや、お手を煩わせるのも悪いんで。そことは今も取引があって相談したいこともあるから、ここの帰りに寄ってくつもりなんですわ。ついでに渡しておきますよ」

良二はテーブルにあるスマホに手を伸ばした。口調の柔らかさとは裏腹に、その手は素早い。しかし、それより早く晴高がスマホを取り上げたので、良二の手は空を切った。

「申し訳ありませんが、これは今すぐにはお渡しできません」

「なんだって？」

良二の声に怒気が滲む。それまでヘラヘラと薄っぺらい笑顔を浮かべていたのが一転、凄《すご》むように晴高を睨んできた。

「このスマホは元々あなた方の土地だったところから発見されたものですから、念のため確認する必要があっただけです。ただここに書かれている名前は銀行の名前ですので、そちらにも確認は取らせていただきます。それまでこちらで一時保管いたします」

淡々と告げる晴高。

「いいから、それを渡せっ。元はうちの土地から出てきたんだから、うちのもんだろ！」

良二は声を荒げ、いきなり晴高の胸倉を摑《つか》んだ。激高しやすいタイプのようだ。千夏は、晴高と良二のやりとりをはらはらしながら見ていた。

「あ、あんたっ」

咲江も慌てた様子で良二の腕を摑んで止めようとする。良二はまだ晴高のことを睨みつけたままだったが、しぶしぶと手を離すとどかっと椅子に腰を下ろした……はずだったのだが、彼が腰を下ろしたところに椅子はなかった。

千夏の目には、良二が立ち上がったときに元気が椅子を後ろに弾《はじ》いたのが視えていた。これも千夏が考えた作戦通りだが、予想以上に椅子の動きが大きい。それだけ元気の心の乱れが大きいのだろうと思うと、不安も大きくなる。

一方、尻《しり》を打ち付けた良二は目を白黒させていた。それを見下ろしながら、晴高は冷静な口調で言う。

「本日お越しいただいたのはスマホの件だけではありません。あなた方に霊障が及ぶ危険があったので、それをお伝えしたかったんです。あの土地では怪奇現象が頻発して、マンション建設工事がもう一年以上止まっていることはご存じですか」

「か、怪奇現象だって？　何言ってんだ。馬鹿にしてんのか⁉」

「いいえ。馬鹿になどしていません。うちの部署は霊が関与している物件を調査し問題解決をする仕事もしています。ちなみに、私は僧籍も持っていますので」

そんな浮世離れした話を、晴高はニコリともせず無表情のまま語る。

「ば、馬鹿らしいっ！　つきあってらんねぇ。おら、帰るぞ！」

良二は咲江の腕を掴むと、立ち上がって会議室の外へと大股《おおまた》で歩いていこうとした。

しかし、ドアの手前で彼は躓《つまず》いて床に倒れこむ。これも、元気が彼の片足を故意に動かして転ばせたのだ。

「あの物件は霊現象が頻発しています。工事車両の原因不明の故障、工事担当者の急病。そして、なぜか敷地内に落ちていたこのスマホ。このままにしておけば、あなたがたにも大きな不幸が降りかかるかもしれませんよ」

と、晴高は畳みかけるように胡散臭《うさんくさ》いことを言う。

そのとき、誰も座っていないパイプ椅子が数脚、ガタガタとひとりでに動き出した。大きく動いたあと、そのまま後ろにぱたんと倒れる。

誰も触っていないのに勝手に動く椅子を見た良二は顔を青ざめさせた。

霊障には違いない。全部、幽霊である元気がやっているのだから。

彼らだって二人も殺しているのだ。恨みを買う自覚なら充分すぎるほどあるだろう。彼らを怖がらせることができれば、下準備は終了だ。今度は千夏が話の主導権を引き継ぐ。

「失礼ですが、阿賀沢様。あの土地にいるのは、やはり阿賀沢様御由来の霊かと思います。おそらくご先祖様の霊なのではないでしょうか。私も多少霊感があるのですが、あの土地で霊障を起こしていた霊は『野犬が掘り起こしてくれた。あと少しで出られる。そうすれば戻れる』と仰《おっしゃ》っていました。何のことなのかは私にはわかりませんが、お二人に何か心当たりはございませんでしょうか」

千夏に問われ、良二はさっきまでの威勢が嘘のように焦点の合わない目で虚空をぼんやり見ながら、ぶるぶると首を横に振った。咲江も小刻みに体を震わせている。

さらに千夏は畳みかけた。

「これだけの霊障ですから、一刻の猶予もないかと思われます。放置しておくのは大変危険ですので、すぐに何か対処された方がいいのではないでしょうか」

阿賀沢夫妻は「墓参りにでも行ってみます」と言うと、もう晴高の手にある元気のスマホには目もくれず、二人して青い顔をしたままそそくさと会議室を去っていった。

彼らが帰ったあと元気は、

「俺もあいつらについてって、もっと脅してこようか？」

と提案してきた。しかし晴高は頭を縦に振らなかった。

「いや。今はいいだろう。この程度の脅しでも動くかもしれん。それに、お前は極力、単独であの二人と接触しないほうがいい」

千夏も、それがいいと何度もうなずく。

元気があの二人と接触するのは、正直とても怖い。彼らは元気を殺した張本人かもしれないのだ。今は冷静を保っている元気であっても、いつ冷静さを失うかわからない。そうなると、彼らはともかくとして元気の身が心配だ。もう、今の元気には戻れなくなってしまうかもしれない。そう思うと、たまらなく怖かった。

「さてと。俺たちも行くか。すぐに動くかはわからんが、とりあえず見張らないとな」

と晴高。そう、種は蒔《ま》いた。あとは、彼らがどうでるか、だ。

千夏たちは社用車で阿賀沢夫妻の自宅へと向かう。

そこは世田谷《せたがや》の高級住宅街にある大きな一軒家だった。まだ新しそうだったので、あの神田の土地を売った金で建てたのかもしれない。庭には彼らの高級外車が止めてあるのも見える。阿賀沢夫妻は自宅にいるようだ。

晴高は阿賀沢宅の玄関が見える少し離れた路上に車を止めた。

「動きますかね、阿賀沢さんたち」

今回は元気と一緒に後部座席に座っている千夏が尋ねる。運転席の晴高は、

「さぁな。どうだかわからんが、あいつらが動かなければ……」

「俺がまた脅しにいきゃいいんだろ？　夜中に寝てるとこ脅してやろうか。痛いよぉ。痛いよぉ。車に撥《は》ね飛ばされて折れた手足と潰《つぶ》れた内臓が痛いよぉ〜って」

元気が手をお化けのようにして、うつむき加減で怖い声を出したものだから、千夏は
「ヒッ……」と肩を縮めた。

さすが幽霊。演技が迫真すぎる。元気だとわかっていても、背筋がぞくっと寒くなる

ようだ。しかも、本当に痛い思いをして死んでいるので、その声には偽りのない恨みつらみが詰まっている気がした。

千夏が本気で怖がっていると、元気はパッといつもの彼に戻り「ごめん、つい」と朗らかに笑う。しかし、すぐにスッと真顔になると、

「ずっと毎晩、脅してやればいいよ」

車の窓から阿賀沢宅を眺めながら、彼はそう呟《つぶや》いた。

それから数時間後。ポツリポツリと降り出した雨が本降りになったころ。

阿賀沢宅から車が出てくるのが見えた。晴高もすぐに車であとをつける。あまり近づきすぎても怪しまれるので、距離を保ちながらも離れすぎずついて行った。

阿賀沢夫妻の車は、東京を東西に貫く甲州《こうしゅう》街道に出ると西の方向へ進んでいった。

「やっぱ、多摩《たま》の方に向かっているな」

しかし、道は酷《ひど》く渋滞していた。雨で車が多いことに加え、事故を起こした車両があったらしく片側一車線しか通行できなくなっているようだ。

まだなんとか阿賀沢の車は見えてはいるが、横の道からどんどん車が入ってきて少しずつ離されていく。

元気はじっと進行方向を見ていたが、段々その顔に焦りの色が浮かび始め口数は少なくなっていた。

「元気、大丈夫だよ。今回見逃しても、またチャンスはあるから」

彼の様子が心配になって千夏は努めて明るくそう声をかけるが、元気は少し考えるそぶりをみせたあと、

「……俺、あいつらの車に乗りこんどく。そうすれば見逃さないから」

そんなことを言い出した。

「……え。だ、駄目だって、そんなの！」

咄嗟《とっさ》に千夏は元気の腕を摑んで引き止めようとしたが、摑めるはずもなかった。

「おい！　やめろって！　一人であいつらと接触するな！」

晴高も焦った声を出すが、元気は、

「あいつらを逃すわけにはいかない。どっか着いたら公衆電話探して電話する」

そう言うと社用車から出て、雨の中を車の間を縫うように前方へ走って行ってしまった。

すぐに、元気の背中が遠くなり見えなくなる。

「あの、馬鹿」

晴高は唸《うな》った。千夏も動揺して言葉がでなかった。阿賀沢の車に乗り込むということは、狭い車内で阿賀沢夫妻と元気の三人だけになるということだ。殺人の加害者と被害者。彼らだけにしたら、何が起こるかわからない。元気が何をするかわからない。

嫌な動悸《どうき》が胸の中で強くなる。不吉な予感が募る。

「とにかく、俺たちもこのままあの車を追うしかない。くそっ、見失わなきゃいいんだ

が」

しかし、晴高の懸念の通り、渋滞のひどい場所を抜けてようやく車がスムーズに走り始めた頃には、前方に阿賀沢の車は見えなくなっていた。

「おそらく、どこかで道を逸《そ》れて山の方に行ったんだろうな……」

千夏は自然と手を胸の前で組んで、目を閉じ心の中で願った。

(元気、お願い。なにもしないで、大人しくしていて)

そう強く祈る。

でも、いくら普段温厚な彼でも、自分を殺した相手を目の前にして冷静でいられるだろうか。彼の感情が負の方へ偏って、悪霊になってしまうかもしれない。彼らに手を下してしまうことだってありうる。怖い想像がドンドン浮かんできた。

だって、彼は人間なのだ。恨みだってするし、憎しみや怒りだって抱くはずだ。それでも、どうかその想いを我慢してほしいと強く願う。

しかし、その半面、こうも思うのだ。

元気の未練の元凶である彼らにようやく会えたのだ。ようやく彼自身の手で未練を晴らせるところまで来たんだから、元気は自分の思うままにするべきなんじゃないかって。

元気はいままで彼らのせいでたくさんの辛《つら》い思いをしてきたのだ。自ら悪霊化してでも復讐《ふくしゅう》を願うなら、どうしてそれを止められるんだろう。

相反する想いが、千夏の中で交錯する。

もし元気が悪霊になってしまえば、晴高は彼を除霊するだろう。それは元気自身もよくわかっているはずだ。

いろんな考えや感情が、頭の中でぐるぐると渦巻いていた。頭がパンクしそうだ。でも、そんな感情の渦の中から、千夏の一番素直な気持ちを掬《すく》い取ってみると、そこにあるのは純粋で強い想いだった。

(それでも、やっぱり私は、笑ったあなたに会いたい)

どれだけ車は走ったのだろうか。もう数時間は走り続けているはずだ。

気がつくと窓の外にはほとんど民家もない郊外の景色が映り込んでいた。

その時、千夏のスマホが鳴る。

弾《はじ》かれたようにスマホの画面を見ると、そこには見知らぬ番号からの着信が表示されていた。

晴高の車を降りた元気は、渋滞の雨の中を走っていた。しかし、彼のことに気を留める人はいない。幽霊である彼の姿はほとんどの人には視えないのだから。

(どこだ……)

走りながら、阿賀沢の車を探す。彼らが乗っていたのは、黒っぽいドイツ製の高級外車。甲州街道に車が列をなしていた。横道からどんどん車が入ってくるため、列は長くなる一方だ。

（どこだ。まさか見逃したなんて）

もしこちらが見逃している間に横道に入られてしまえば、それ以上車をたどれなくなる。

心臓なんてとっくに火葬されて自分の身体にはないはずなのに、ドクドクと脈打つようだった。彼らは阿賀沢浩司の遺体を確認しにいったに違いない。これを逃せば、もう二度と彼らから遺体の隠し場所を引き出すことはできないかもしれない。それを思うと、焦りが強くなる。

と、そのとき。目の端に見覚えのある黒いセダンが映った。

（あった！）

間違いない。阿賀沢良二《あがさわりようじ》の車だ。

元気は車のそばまで走り寄ると、ドアをすり抜けて車の後部座席に乗り込んだ。こういうとき幽霊の身体は便利でいい。普段はあまりやらないが、幽霊にとって物理的な障壁は意味をなさない。もちろん結界があったり札を張られたりすると入れなくなることもあるが、そういう場所はあまり多くない。

運転席に良二、助手席には咲江の背中が見える。脅しが効いたのか、彼らは一言も発しないまま黙々と運転していた。

まさか元気の霊が乗っているとはつゆとも思わず、良二の車はしばらく甲州街道をひたすら走って八王子《はちおうじ》を越え、やがて山間部へと進んでいく。

山の中を走りだしてからかなり経ったころ、車はようやくスピードを落として路肩に止まった。雨はすっかり止み、雲の合間から晴れ間が覗《のぞ》いている。

そこは舗装された道すらない、山の奥深くだった。周囲は高い木々に覆われ、まだ日が出ている時間帯だというのにどこか薄暗い。

二人は車から降りると、木々の茂った斜面を下りていった。

「たしか、この辺りだったんだよな」

「もう覚えちゃいないわよ。ああ、やだ。早く帰りましょうよ。薄気味悪いわ」

咲江は自分の身体を抱くようにして、文句を言う。

「そんなこと言ったって。もし本当に野犬なんかが掘り起こしててみろ。遺体が見つかりでもしたら、一巻の終わりだぞ。そろそろ白骨化してるだろうから、一回取り出してどこか別のところに隠すのもありかもしれんな」

そんな恐ろしいことを口にしながら良二は斜面を下る。

「たぶん、この辺りなんだ。遺体やら骨やら、見えるか？」

良二はキョロキョロと辺りを見回す。後からついてきた咲江もしぶしぶといった様子だったが、同じように辺りを調べていた。しかし何もみつからない。

「ふぅ。なんだ。なんもねぇじゃねぇかよ。最近雨が多いから土が流れ出して、遺体が出てきたんじゃねぇかと心配になったが。ったく、あの不動産屋ども。適当なこと言いやがって」

「もっと深くに埋めとけば、よかったのよ」

阿賀沢夫妻は、遺体がちゃんと埋まっていることに安心したのか、先ほどとは打って変わって口数が多くなる。安堵《あんど》からか、周りに彼ら以外の誰もいない場所だからか。彼らは、事件のことを口にし始めた。

「ほんとにな。あんときは気が動転してたから。兄貴の方ももっと考えて殺《や》りゃよかったな。その点、あのバカな銀行マンは上手《うま》くいったが」

彼らは元気がすぐそこにいるとは気づきもせず、元気の殺害のことを話しだす。その口調は、とても軽かった。

「やっぱ、事故に見せかけるっていいわよね。金ちらつかせれば、いくらでもやる人間はみつかるし」

「そうだな。怪しまれねぇようにあの銀行マンの葬式にも顔を出したが、彼女っぽい若い女の子が棺《ひつぎ》にしがみついてわんわん泣いててな。笑いをこらえるのに必死だったよ」

元気は、目の前に緞帳《どんちょう》がおりたように視界がスッと暗くなった気がした。

(こいつらは、何を話してんだ？　何がおかしかったって？　何が笑いそうだったたって？)

元気の脳裏に自分の葬式の記憶がちらつく。掲げられた自分の遺影。ボロボロに壊れた身体が入った棺の前で、大好きだった彼女が泣いていた。

遺影の中の自分は、馬鹿みたいに明るく笑っていた。

心の中が真っ黒に塗りつぶされていく。

なんで、お前らが生きてんだ。なんで、俺は死んでんだ。なんで。なんで。

ナンデ……。

オマエラモ　オナジオモイヲ　アジワエバイイ

さーっと、湿気を含んだ冷たい風が森の中を吹き抜けた。

「お、おい。なんか、急に寒くなってきた気がしねぇか？」

良二は寒そうに両腕を擦《さす》った。ざわざわと森の木々がざわめく。

「そ、そうね……」

咲江も、おどおどと辺りを見回す。まだ日は陰り始めたばかりの時刻のはずなのに、いつのまにか薄暗さが増していた。

「か、帰るぞ」

良二は斜面を大股《おおまた》で登り始める。

「ちょっと待ってよ。おいていかないで！」

咲江もあわててそれに続いた。二人の背中が斜面を登っていく。それを元気も大股で追いかけた。そして、湧き上がる黒い気持ちを抑え込み、低い声で彼らに呼び掛ける。

『阿賀沢さん』

二人は、凍り付いたように足を止める。どうやら元気の声は彼らに届いたようだ。おろおろと辺りを見回す二人の顔は蒼白《そうはく》になっていた。恐怖に怯《おび》えている様子が手に取るようにわかる。

元気は、もう一度彼らの名前を呼んだ。

『良二さんと、咲江さん。覚えてますか。高村です。オレ……あなたタチニ何か失礼なコトシましたか？』

一歩一歩、彼らに歩み寄りながら低い声で尋ねる。もう彼らの顔しか見えていなかった。良二と咲江は蒼白な顔をして、ただ口をパクパクさせるしかできないようだ。

『俺、何モシテナイデスよね。ナノニ、なんで俺ヲ殺シタンデスカ』

周りの木々がざわめき揺れる。風もないのに、まるで人の手で激しく揺らされたかのようにざわめいた。

『オレはナニモ見テナカッタノニ。なのにアンタタチは、カッテニ俺のことを邪魔だと思って殺シタんだ』

咲江は尻《しり》から倒れこみ、あわあわとポケットから数珠《じゅず》を出して拝みだした。般若心経のようなものを唱えているが、そんなもの苦しくも何ともない。晴高の読経と比べると、蚊に刺された程度の威力しかなかった。

咲江の横を通りすぎたとき、彼女がもつ数珠が勝手に引きちぎれる。

良二に追いつくと、元気は彼の喉《のど》に両手を伸ばした。掴《つか》んだ喉が、べこりと凹《へこ》む。

苦しそうな良二の目に怯えが色濃く影を落とした。

「わ、わるかった……すまんっ、このとおりだっ」

良二は元気の腕を引き離そうとするかのように手をばたつかせるが、良二の手はむなしく空を切るだけだった。

元気の腕や身体から黒いモヤのようなものが立ち上りはじめる。

『お前らもオレトイッショニくればいい。輪廻《りんね》からハズレ、成仏することもできず、エイエンニコノ世ヲサマヨイツヅケル地獄ニサ』

元気が良二の首に当てた手に力を込めると、それに合わせて良二の首の凹みも深くなる。

「……かはっ……」

良二の顔が赤く染まった。それでも元気に緩める気はなく、いっきにカタをつけようとしたそのときだった。

良二のズボンのポケットから何かがするりと落ちる。見ると、それは良二のスマホだった。

それを見て、元気の目が揺らぐ。憎しみと怒りに覆われそうになっていた元気の心に、一瞬、別の感情がよぎった。

(そうだ。約束してたんだ。遺体の場所を見つけたら、連絡するって)

連絡する？　誰に？　誰に……。

元気がスマホに気をとられたことで、良二に向けていた力が弱まった。良二は地面に倒れこんで数回咳《せき》をすると、一目散に斜面を登り始める。それを見て、咲江も半狂乱に叫びながら良二を追って斜面を登っていった。

しかし、元気の視線はスマホにくぎ付けになったままだった。

誰に、連絡するんだった？　誰か。大切な人。連絡をいまもきっと待っている人。

（そうだ。千夏だ）

そう思ったときには、身をかがめてスマホの画面に触れていた。

幸いロックはかかっていない。千夏の番号なら、暗記してある。一瞬ためらったものの、指でその番号を押した。

数回のコールのあと、彼女の声が聞こえた。なんだかとても懐かしく思える。目が潤んで、元気の顔が歪《ゆが》んだ。

スマホにかかってきた、見知らぬ番号。ごくりと生唾《なまつば》を飲み込んで、千夏は応答ボタンを押すとスマホに耳をつけた。

「はい」

電話の相手は無言。何もしゃべりかけてこない。でも、千夏にはその相手が元気だという強い確信があった。

「元気？　元気なの？」

相手はやはり何も答えない。なおも千夏は一方的に受話器に話しかけた。

「元気⁉ いま、どこにいるの？ 私たち、いまそっちに向かっているの」

晴高が車を路肩に止めると、運転席からこちらを振り向いてハンズフリーにするように小声で言ってくる。すぐに千夏は言われたとおりにして、なおもスマホの向こうにいる相手に話しかけた。

「元気‼ 返事して。元気。大丈夫なの？」

『チナツ』

ようやく向こうから声が返ってきた。その声は、たしかに元気の声だった。

でも、いつもと違い、なぜかぞくっとする寒さを感じる声。

いつもなら元気の声を聴けば安心するのに、不安がどんどん強くなる。

「元気！ いまどこ⁉」

しかし元気はそれには答えない。その代わりに彼は別のことを言ってきた。

『……俺やっぱりユルセナイ。だからチナツはこのケンモ、オレノことも忘レテホシイ。ごめん……』

息ができなくなる気がした。聞き間違いだと思いたかった。しゃくりあげるように無理やり息を吸い込む。なぜか笑《え》みが零《こぼ》れた。涙も零れた。

「何を言ってるの？ 元気。お願い、教えて。いますぐ私たち、そっちに駆け付けるから。いま、どこにいるのか教えて！ 元気！」

彼が自分のもとから離れていこうとしているのがわかった。もう永遠に戻ってくるつもりはないのだと。

『ゴメン……それと、いままでありがとう』

いやだ。そんな別れの挨拶《あいさつ》みたいなもの聞きたくない。

「元気。お願い。私のもとに帰ってこなくてもいいから。でも、それでも。悪霊になったりしないで。そんな、これからもっとずっと苦しむようなことしないで」

視界が滲《にじ》む。ぽたりと雫《しずく》がスマホに落ちた。

『ごめん。それでも俺、ヤッパリアイツラヲミノガセナイ』

そのとき、晴高が運転席から手を伸ばしてきて千夏の手にあったスマホを掴むと話しかけた。

「おい。元気」

『晴高も。ごめん。俺、ジョレイ……』

「お前はまた繰り返すのか？」

除霊という言葉を晴高は打ち消すように言う。

『……でも』

スマホを通して聞こえる元気の声は、心なしか震えていた。

「お前はまた、好きな女を悲しませんのか？」

『………』

「愛してるんだろ？　大切なんだろ⁉」

『俺は……』

晴高は畳みかける。

「なのに、お前は彼女を見捨てるのか？　彼女はお前を失って、一人で悲しんで、一人で立ち直って、お前じゃない誰かとお前のいない新たな人生を歩みだすんだよ。お前は今回も置いてけぼりで何もできないままだ。ただ悲しませて傷つかせて、絶望に叩《たた》き込んでおいて」

そこで一呼吸をおいて、強い口調で訴えた。

「前は不可抗力だったかもしれんが、いまは違うよな⁉　お前は選べるんだ。お前、それで本当にいいのかよ⁉」

しばらくの沈黙。スマホからは、微《かす》かに嗚咽《おえつ》のようなものが聞こえてきた。

どれくらい経っただろう。

『わかった。場所を言う……』

元気のその言葉に、晴高はほっと安堵《あんど》の息を漏らし、千夏はわたわたとトートバッグからメモ帳とペンを取り出した。そして、元気が言う場所をメモする。

メモした後、あちらのスマホの充電が切れそうだというので一旦《いったん》電話を切ると、晴高は教えられた場所に向かって車を発進させた。

元気がいるのは千夏たちがいる場所から、さほど離れてはいない場所だった。

切れたスマホを手に、千夏は祈るように目を閉じて額《ひたい》にあてる。

（どうか、元気が悪霊になっていたりしませんように）どうか、元の元気のままでいてくれますように。

晴高はスマホの地図アプリをたよりに、どんどん山深い方へと車を進めた。

晴高が元気を説得して、場所を聞き出してくれたおかげでなんとか道がつながった。

しかも、晴高があんな風に声をあげて元気のことを説得してくれたのは意外だった。彼にとっては元気が悪霊になったとしても除霊してしまえばそれで済む話なのに。

「あの……晴高、さん」

千夏は運転席の彼に、ためらいがちに声をかける。

「ん？」

晴高は視線を前にむけたまま、聞き返してきた。

「さっきは、ありがとうございます。私だけだったら、元気を心変わりさせることができたかどうか」

「あの幽霊男が心変わりしたのは、お前の存在のおかげだと思うがな。俺はただ、事実を言っただけだ」

と、なんでもないことのように言う。

「でも、おかげで元気、場所を言ってくれましたし」

「言っとくが。まだあいつが悪霊になってないかどうかは、声だけでは俺にもわからん。

阿賀沢夫妻もどうなったかわからんしな。すべては現地についてみないとなんとも」

それは、確かにそうなのだ。

先ほど聞いた元気の声が思い起こされる。あれは間違いなく元気の声のはずだった。

それなのに、どこか遠くから聞こえているような、冷たい響きのある声でもあった。

「もしあいつが悪霊化していたら、お前の前だろうとなんだろうとその場で除霊する。いいな」

心を決めて、こくんと千夏はうなずく。

「……わかってます」

「とりあえず、あいつを信じるしかないだろう。でも、まだ信じる余地があるってのは正直、羨《うらや》ましいよ」

「羨ましい……ですか？」

晴高が何のことを言っているのかわからず、千夏はきょとんと聞き返す。そんな千夏の顔をバックミラーごしに見ると晴高は、クスリと小さな笑みを漏らした。

「俺の大切な人は、悪霊に取り込まれて救えなかった。だからお前たちには、俺たちみたいにはなってほしくなかったんだ」

「え……」

晴高のそんなプライベートな話を聞くのはそれが初めてだった。しかし、それ以上は彼からは何も話してはくれなかったので、気にはなったものの千夏もそれ以上は聞くことはできなかった。

（やっぱりあの、右薬指のリング）

あれはペアリングなのだろう。おそらく、その悪霊に取り込まれてしまったという大切な人との。晴高はいまもその人のことが忘れられず想い続けているのかもしれない。

窓の外を見ると、そろそろ日が暮れ始めていた。

（元気……どうか、無事でいて……）

祈るしかできないことが、とてももどかしかった。


空が夕焼けに染まる、黄昏時《たそがれ》。

晴高の車は、スマホの地図アプリを頼りに舗装されていない道を進んでいた。元気に教えられた地点にはもうかなり近いはず。

「いた。あそこだ」

晴高は念のため、少し手前で車を止めた。山道から少し下った場所に、膝《ひざ》立ちになり頭を垂れた人影が見える。離れていてもわかる、明るめの髪色にスーツ姿の長身の男性。

「元気……！」

千夏が元気のもとへと下りていこうとするのを晴高は腕を摑《つか》んで止めると、目を細めて注意深く元気を観察する。無言で眺めていたが少しして、はぁと小さく息を漏らす。

「いまのところ、大丈夫そうだ。悪霊っぽい気配は感じられない」

それを耳にした瞬間、千夏は元気のもとに駆け出していた。

「元気！」

彼は、膝立ちのまま握りこんだ両手を額《ひたい》にあて、祈るような姿勢のまま微動だにしなかった。千夏は彼の手前で立ち止まると、おそるおそる彼に近づいていく。

「……元気？」

千夏が近づいてくる気配に気づいたのか、彼がゆっくりと顔をあげた。

そして千夏の顔をみると、心の底から安堵したような表情を浮かべる。彼の頬は涙で濡《ぬ》れていた。

「千夏……。俺、あいつらに……あいつらを殺そうと思った。でも……でも……」

彼が大事そうに包み込んでいた両手を開いた。その手のひらには、共に交わしたあのリングが握られていた。

「千夏を失いたくなかった。もう一人になんかなりたくない。ただ、君の存在だけが。君を想うと、こっち側にいなきゃだめだって思って……」

千夏も彼の前に膝をつくと、彼の両手を包み込むように自分の手を重ねる。

彼がぎりぎりのところで踏みとどまってくれたのがわかった。それがどれだけ、強い意志を要するものだったことか。どれだけ、たくさんの感情を乗り越える必要があったのか。それらを乗り越えて、いまここに元のままの元気がいる。そのことに、嬉《うれ》しさと感謝の気持ちでいっぱいだった。

「うん。こっち側にいてくれて、ありがとう。元気。あなたに会いたかった。ずっと」

「俺も……」

彼と額《ひたい》が重なるほどに顔を寄せた。体温も触れた感触もない。でもたしかにそこに元気の存在を感じられる。

「おかえり。元気」

顔を離してそう笑みをこぼすと、彼の顔にも笑みが広がった。

「ただいま」

そう返した彼は、優しく穏やかな彼のままだった。


その後。

千夏たちは警察に全てを伝えた。とはいっても、霊云々《うんぬん》のところはそのまま伝えたところで信じてもらえるはずもないので、多少話を脚色することにした。

幸運にも、生前の元気と晴高は同じ建物で仕事をしていた時期がある。そこで、当時から元気と晴高は友人だったということにしたのだ。会社は違えど、同じ建物の二階と三階で働く間柄。何かの拍子で知り合って友人になっていたとしても別におかしくはない。

そして、元気は生前、阿賀沢浩司の殺害と遺体遺棄を偶然知ってしまい、あの殺害の瞬間が写った写真のアドレスや遺棄現場の場所の情報とともに、「もしかしたら自分も殺されるかもしれない」と晴高へ伝えていたことにした。

晴高は報復を恐れてずっと警察に言えずにいたが、たまたまあの神田の物件を調査することになり、そこで元気のスマホを発見したことで今になってすべてを警察に打ち明けることにした……という筋書きにしたのだ。

警察は晴高の証言をもとに山中を捜索したところ、白骨化した遺体を発見した。DNA鑑定の結果、その遺体は阿賀沢浩司のものと断定された。

すぐに逮捕状が発行され、阿賀沢良二とその妻・咲江は逮捕される。

そのとき、彼らはひどく衰弱した様子で、あっさりと罪を認めたのだという。

また、交通事故として処理されていた高村元気の件も捜査が開始された。

高村元気を車で轢《ひ》いた男も、阿賀沢夫妻が逮捕されるとすぐに、多重債務の肩代わりを条件に殺害を依頼されて引き受けたことを自白した。

それにより、実行犯の男はもちろんのこと、阿賀沢夫妻も高村元気の殺人教唆で再逮捕されたのだった。

阿賀沢夫妻が逮捕されたあと、千夏たちは神田のあの物件へと訪れていた。

手には日本酒。ささやかだが、阿賀沢浩司への報告と礼のためだ。

晴高は元気のスマホが見つかったあの場所へ酒を撒《ま》くと、しゃがんで線香に火をともして地面に挿し、手を合わせた。その隣で、千夏と元気も手を合わせる。

「ありがとう。あなたが、俺のスマホをずっと守っててくれたから。あいつらに罪を認めさせることができました」

そう、元気が言う。しかし、もうこの場には霊の気配は一切感じられなかった。それどころか、清涼な空気であたりが満たされている。

あの人は、きっともう逝ってしまったのだろう。

元気は礼を込めて深く頭を下げると、隣にいる千夏に目を向けた。目が合うと、どちらともなく微笑みあう。

「さてと。帰るか」

空瓶を持って立ち上がった晴高に、千夏が手をたたいて「そうだ」と声を上げた。

「打ち上げ、っていうとおかしいですが、おつかれさま会しましょうよ。なんだか日本酒見てたらお酒飲みたくなっちゃった。ちょうど今日、鍋《なべ》しようと思ってたんです。晴高さんもうちに来ませんか？」

「……なんで俺が、お前らと鍋なんかしなきゃなんないんだ」

相変わらず晴高はむすっと不機嫌そうだったが、元気はお構いなしに笑って言う。

「いいじゃん。今日、寒いから鍋うまいよ。どうせ、お前、家に帰っても寝るだけだろ？」

「お前らは俺をなんだと……」

そこまで言ったあと、晴高ははぁと息を吐く。

「……春雨があるなら行く」

「晴高さん、春雨好きなんですか」

「鍋のメインは、春雨だろ。むしろそれだけあればいい」

「ずいぶん偏ってません⁉」

驚く千夏をよそに、元気はけらけらと楽しそうに笑った。

「カニも入れようぜ。チゲ鍋なんかもいいな」

「春雨さえあれば、なんでもいい」

「春雨偏愛しすぎですよ⁉」

そんな雑談を交わしながら、三人は防音シートで覆われた出口へと向かって歩いて行った。そのシートの表には、新しい工事掲示板の白い板が張られている。マンション工事の再開ももうすぐだ。

その夜、春雨ばかり食べようとする晴高の器に、千夏がどんどん魚介や野菜を積んでいったのは言うまでもない。

第４章　廃病院に集まる悪霊たち

ある金曜日の午前中。

いつものように千夏が自分のデスクで仕事をしていると、隣のデスクでタブレットを見ていた元気が声をかけてきた。

「千夏。君の口座に、少しだけどお金入れといた」

「え？　あ、うん。ありがとう」

すぐに自分のネット口座の残高を確認してみると、確かに少し増えている。最近、元気はこうやって月に何度か、生活費としてデイトレードでの売り上げを千夏にくれるようになっていた。

とはいえ、元気の食べたものは結局は千夏の胃袋に入るのだし、彼と同居するにあたってさほどお金がかかるわけでもないのだが、元気は生活費を千夏に渡したいらしい。

「順調に利益がでるようになってきたんだね」

「最近はね。俺さ、昔から仕事しないでデイトレードで暮らしたいなってずっと思ってたんだよね。それ考えると、今の生活はあのころ考えてた理想といえば理想なんだよな」

「死んでるけどね」

「そう。死んでるっていうのが、唯一理想と違うんだ」

そんなことを言いながら、元気は笑う。名は体を表すというか、本当に元気は元気な幽霊だなぁと千夏は目を細めた。阿賀沢夫妻が逮捕されたら元気は成仏してしまうんじゃないかと密《ひそ》かに心配してもいたけれど、今のところそんな気配もなさそうだ。

「お前、うちの案件の現場調査も手伝っているしな。本来なら給料も出すべきなのかもしれんが」

と、向かいのデスクに座る晴高がパソコンから視線を離すことなく言う。

「幽霊にお給料を出すなんて、前代未聞ですね」

千夏がくすりと笑って言うと、晴高はファイルを片手に椅子から立ちあがり、「そうだな」と返す。

けれど、晴高はキャビネットの方へ歩きかけたところで、突然ぐらっと体勢を崩した。手に持っていたファイルが鈍い音とともに床へ落ちる。

とっさに壁に手をつくものの、重力に引っ張られるようにそのまま床に倒れこんでしまった。

「晴高さんっ⁉」

慌てて千夏と元気は彼のもとに駆け寄る。ほかの職員たちも異変に気付いて、ざわざわと集まってきた。床にうつぶせに倒れた晴高はピクリとも動かない。千夏は彼のそばに膝《ひざ》をつくと、その身体を揺さぶった。

「晴高さんっ!!　大丈夫ですか⁉」

よく見ると、もともと色白な彼の肌は、血の気が引いたように蒼白《そうはく》だった。

「救急車、呼んだ方がよくないか？」

そばで様子を窺《うかが》っていた元気の声に、千夏ははじかれたように顔をあげると、

「そうだ、救急車！」

立ち上がってデスクの電話に手を伸ばそうとした。

その際、身体が元気に触れる。

急に千夏の頭の中でバチンと何かがスパークした。霊と同調するときの前兆と同じ感覚。

しかし、いまここにいる霊は元気だけだ。彼だけに触れても今までこんなことなんてなかったのに。戸惑う千夏におかまいなしに、千夏の視界一面が真っ白く覆われた。

…………。

眩《まぶ》しい。事情がわからないながらも、千夏は目を眇《すが》める。周りのざわめきが遠くなっていった。

白い光が収まって目を開けると、見慣れたいつものオフィスの景色に、別の景色が重なって見えた。

昼間の屋外のようだ。柔らかな日差しの降り注ぐテラスにあるベンチ。そこに座って、静かに本を読んでいるらしい。そのとき、ふいに誰かに声をかけられる。

「カナコおねえちゃん！」

名前を呼ばれて顔を上げると、母親に付き添われた五歳くらいの男の子がこちらにやってくるところだった。その子はパジャマ姿で、傍らには点滴をつけたキャスターを引いている。

どうやらここは病院のようだった。彼らの後ろには、いま彼らが出てきたと思《おぼ》しき大きな病院の建物が見える。

母親がこちらにぺこりと頭をさげてくるので、カナコと呼ばれたその人も頭をさげた。男の子は親し気な様子でカナコの隣に座る。

「ソウタくん。今日は顔色いいね」

「うん。今日はすごくいいの」

ソウタというその男の子はベンチに座るとまだ足がつかないようで、足をブラブラさせながら話し始める。子ども用の小さなスリッパが、彼の足から脱げそうになっていた。

「なんのエホンよんでたの？」

カナコが読んでいるのは小説のようだったが、ソウタはきっとまだ本といえば絵本しか知らない年ごろなのだろう。

「えっとね。旅行記、かな。いろんな土地に旅をするお話」

なるべく小さな子にもわかるように教えるカナコの言葉に、ソウタは「フーン」とわかってるのかわかってないのかよくわからない返事をすると、また足を交互に揺らした。その拍子に、片足のスリッパが脱げてしまう。

「ぼく、スリッパいやだな。すぐぬげちゃう」

そうぽつりとつぶやくと、カナコを見上げてにっこり笑う。

「ぼく早くよくなって、おそとにでたい！　テラスじゃなくて、下のお庭とか、おうちとか、もっともっといろんなとこいくの！」

ソウタの無邪気な言葉に、そばに寄り添っていた母親が一瞬泣きそうなほどに顔をゆがめたのをカナコは見てしまった。慌てて目をそらす。だけど母親は一瞬見せた表情とは裏腹に明るい声でソウタに話しかける。

「そのときには、足にあった靴を買わなきゃね。ここに来るときに履いてきた靴は、もう小さくなって履けなくなってしまったものね」

その声は、どこか無理やり明るく保とうとしているような雰囲気があった。母親の言葉に、ソウタは「うんっ」と元気にうなずいた。

場面が変わって、あたりが急に薄暗くなる。

場所は室内のようだったけれど、窓は割れて裂けたカーテンが垂れ、椅子やテーブルがあちこちに散乱していた。

急に廃墟《はいきょ》の中に放り込まれたようだ。

人の気配はまったくないように思えたが、部屋の片隅からか細い声が聞こえる。

それはよく聞くと子どもの泣き声で、部屋の隅にある手洗い場の下の収納扉の中から聞こえてくるようだった。

割れた窓から吹き込む風がその子の声をかき消すけれど、風がやんだ一瞬。

その子が、しゃくりあげながらつぶやくのが聞こえた。

「……クッガ、ナイノ……」

…………。

バチン、と再び頭の中に静電気が走るような衝撃があって、千夏は我に返った。

今、見えていたものは何だろう。ここには元気以外の霊の気配なんてないはずなのに、誰と同調して誰の記憶を見たのだろう。

気がつくと晴高は既に意識を取り戻していたようで、床に手をついて起き上がろうとしていた。慌てて千夏も彼に手を貸す。

「だ、大丈夫かい？」

百瀬《ももせ》課長もおろおろと心配していたけれど、晴高はまだ青ざめた顔をしつつも、

「大丈夫です。ちょっと、立ち眩《くら》みがしただけですから……」

と、きっぱり答えた。

「でも、すぐに病院行った方がいいですよ。救急車、呼びましょうか？」

千夏の言葉に、晴高はゆるゆると頭を横に振る。

「本当に、なんでもない。ただ疲れが溜《た》まっていただけだ……」

本人は大丈夫と言い張るが、はた目で見る限りはとてもそうは見えなかった。

元気に目をやると、彼も心配そうな目で晴高を見ている。

「とにかく、午後は休みとって帰れよ。んで医者行くか、寝てるかしてろ。無理してると早死にすんぞ」

そう幽霊の元気に気遣われて、晴高は黙りこくる。千夏も、

「そうですよ。仕事だったら、急ぎのものは私がやっておきますから。帰った方がいいですよ」

もうここに配属になってから何か月も経つんだし。晴高が一日くらいいなくても、千夏だけでも仕事は回せる。その言葉に元気も、うんうんとうなずいた。

「そうそう。俺も手伝うしさ」

二人に言われ、ついでに百瀬課長も「そうしたほうがいい」と言うので、晴高は渋々だったが午後は有給休暇を取ってくれた。

彼の体調が幾分落ち着いてから簡単に急ぎの仕事の引き継ぎを受けていると、もう昼休みの時間になっていた。帰り支度を始める晴高。外のコンビニに昼ご飯を買いにいくので途中まで送って行こうと思っていた千夏は、ふと先ほど晴高が倒れたときにおこっ

た不可解な出来事を思い出す。

「そういえば、さっき晴高さんが倒れたとき、なぜか霊と同調したときと同じようなことが起こったんですよね」

「……なんだって？」

自分のノートパソコンをシャットダウンさせていた晴高が、手を止めて怪訝《けげん》そうにこちらを見る。千夏は「見えたよね？」と元気に尋ねると、彼もこくんと頷《うなず》いた。

「なんか病院のテラスみたいなとこだった。ベンチで小さな男の子と話してて、若い女性の記憶みたいだったたな。なんだっけ、男の子がその人の名前呼んでたよな。えっと……か、か……」

「カナコおねえちゃん？」

と、千夏。

「そう！　カナコおねえちゃんって呼んでた」

それを聞いて、切れ長な晴高の目が大きく見開かれ、驚いたように千夏たちを見た。

「カナコ……？」

「晴高さん、心当たりあるんですか？」

晴高はサッと千夏から視線を逸《そ》らす。しかし、その瞳《ひとみ》は、彼にしては珍しくおどおどと不安げに彷徨《さまよ》っていた。

「まさか、そんなことって……」

そう呟《つぶや》くのが聞こえたが、元気が「知り合い？」と尋ねると、少しあってから晴高は首を横に振った。

「いや、知らない」

やけにきっぱりと否定されたものだから、それ以上は千夏も元気も追及はできなかった。その後、一緒に会社を出ると、駅の方向に歩いていってコンビニの前で別れる。

「ちゃんと休めよー」

そう声をかける元気に、晴高は「ああ」と小さく応《こた》えると駅の方へ歩いて行った。

その後ろ姿はいつになく生気がないように感じられて、千夏の胸にチクリと不安が広がる。彼の姿が人ごみの間に見えなくなってから、千夏は元気に聞いてみた。

「ねえ。元気も見たよね？」

「ん？」

「さっき晴高さんが倒れたときに見えた記憶の……一番最後」

あれは、荒廃した室内の景色のようだった。なぜあんな場所に子どもが一人でいるのか、理由はさっぱりわからない。ただ、泣き声とほんの一言しか聞こえなかったけれど、あの声はもしかすると初めの景色に出てきた男の子、ソウタくんなんじゃないかという気が強くしていた。

「俺も見た。でも、すごく禍々《まがまが》しい雰囲気を感じて、晴高には言えなかったな」

なんだか良くないことが起きようとしているようで、不吉な予感がいつまでも心のどこかにこびりついて離れなかった。

その日の夜。千夏は夕飯を作りながらも晴高のことが気にかかっていた。あんなに体調が悪そうだったけど、ちゃんと家まで帰りついたのかな。それに彼は独身のはず。看病してくれる人がいるようにも思えない。

迷惑かなと思いつつも電話をかけてみることにした。しかし、何回コールしてみても晴高は電話にでなかった。胸騒ぎがどんどん強くなる。晴高を通して見えた、あの禍々しい霊の記憶のようなものも気になっていた。

「元気。私、ちょっと晴高さんの家まで行ってみようと思うの」

「うん。それがいいかもね。住所、わかる？」

元気に言われ、千夏は少し考える。

「もし課長か総務の誰かが残っていれば、電話で事情を話せば教えてもらえるかも」

早速職場に電話すると、運よく課長が残っていた。事情を話すと、それは心配だからとすぐに晴高の住所を教えてくれる。

千夏と元気はコンビニで飲み物やレトルトのおかゆなどを買うと、早速タクシーで晴高のマンションへと向かった。

彼の住まいは三田《みた》線巣鴨《すがも》駅から少し歩いた閑静な住宅街にある賃貸マンションだった。部屋は三階の角部屋。千夏はインターホンを押す。しかし、何の反応も返ってこない。

室内でインターホンが鳴っていることはドア越しに聞こえてくるのに、それ以外の物音はまったくしなかった。

廊下に面した曇りガラスの窓からも室内の明かりは見えない。千夏は、ドンドンとドアを叩《たた》く。

「晴高さん！　山崎です！」

やはり、何の反応もなかった。どこかにでかけているのだろうか。でももう夜の十時過ぎ。あんなに体調が悪そうだったのに、こんな時間に出歩いているとは思えないのだが。

管理人さんに頼んで開けてもらおうか。でも、本当に留守だったら勝手に入ったことが知られたら怒られるだろうな。そう思って迷っていたら、元気がドアの前で神妙な顔をしていた。

「どうしたの？」

「いや……なんか、おかしくないか？　この向こう。妙に霊的な力を感じる」

千夏にはよくわからなかったが、元気は霊的な何かを感じたらしい。

「そうなの？　え、それってどういうこと？」

「わからない。でも、良い状態じゃない。なんか、霊的に閉じられているというか、壁のようなものがあるというか」

心配になって、ダメもとでノブを回してみる。すると、鍵《かぎ》がかかっていなかったのか、するりと開いた。

「あ、開いてる！」

室内は暗く、照明は一切ついていなかった。

「晴高さん！　いますか？」

千夏は闇に沈む室内に声をかけるが、返答はない。玄関の壁を触って照明のスイッチを探すとすぐに見つかった。でもいくら押しても、カチッカチッと鳴るだけでなぜか照明がつかない。

「入りますよ？」

千夏は靴を脱ぐと、家に上がった。入ってまず感じたのは、異様に暗いということだった。リビングの奥にある掃き出し窓のカーテンは閉められていないのに、まったく外の光が入って来ていないかのような暗さだった。

千夏が開けたドアから漏れ入る外廊下の光だけが唯一の光源。

懐中電灯を持ってこなかったことを悔やみながら、千夏は室内に足を踏み入れる。

そのとき。

「……く、るな……」

呻《うめ》き声のようなものが耳をかすめた。すぐに声のした方に目を向けると、リビングの壁際にひときわ闇の濃い場所があった。まるで、そこだけ墨でぬりつぶされたようだ。

その中に、わずかに人の腕のようなものが見えていた。

「晴高!!」

元気はその闇の方へと駆け寄って、闇の一部を掴《つか》んだ。強く引き剝《は》がすと、人の形のように闇が切り取られる。

「千夏！　塩！」

あっけにとられていた千夏だったが、元気の声で我に返るとトートバッグからお清めの塩を取り出した。こんな仕事をしている以上、念のために常備しているものだ。普段は小分けにして持ち歩いているのだけど、今回は保存用の容器ごと大量に持ってきていた。それを取り出すと、元気に引きはがされた人影のような闇に千夏は塩を投げつける。

「えいっ！」

影は悶《もだ》え苦しむように身体をくねらせていたが、やがてスッと闇に溶け込むように消えてしまった。

「こら。晴高にまとわりつくなよっ」

元気は晴高の身体にとりついている影をどんどん引き剝がしていく。黒い影は明らかに何らかの霊体のようだった。霊体なんて普通は触れられるものではないが、同じ霊体である元気は人が人を掴むのと同じような容易さで晴高の身体から剝がしていく。

「きゃあああっ」

こっちに向かってきた黒い影に千夏はお清めの塩を鷲掴《わしづか》みにして投げつけた。

そうやって何体処理したのだろうか。剝がしても剝がしても埒《らち》があかないくらい、何重にも闇のような人影が晴高にまとわりついていた。しかしそれも、ついにはすべて元気によって引き剝がされ、千夏の塩で消えてしまう。

終わったと思った瞬間、バチバチと天井の照明が明滅して、パッと家中の明かりがついた。部屋の空気も、すっかり正常なものに戻る。

晴高はリビングの床に四つん這《ば》いになっていた。

黒髪も全身もぐっしょりと汗に濡《ぬ》れ、肩で大きく息をして苦しそうだ。ついでにいうと、千夏の撒《ま》いた塩まみれにもなっている。

「晴高、大丈夫か？」

元気が床に手をついて晴高をのぞき込むと、彼はまだ辛《つら》そうだったが小さく頷《うなず》いた。

ひとまず千夏が手を貸して晴高をソファへと寝かせる。

そして片隅に置いてあったコードレスクリーナーで床に散らばった塩を掃除していると、呟くように話しかけてくる晴高の声が聞こえた。

「……すまなかったな」

いつものような張りの感じられない、弱い声音。

「いえ。何度か電話したんですが、出なかったので心配になって。あ、カギは開いてたので勝手に入ってきちゃいました。……すみません」

緊急事態だったとはいえ勝手に入ってしまったことを気まずく思う千夏だったが、晴高は何も言わなかった。

「なあ、晴高。俺、霊のことはよくわかんねぇけど、お前、まじでヤバイことになってんじゃないのか？」

強い調子が滲《にじ》む元気の声。晴高は天井を見ながら何か考えているようだったが、やがてゆっくり起き上がるとソファに腰掛けた。

「お前らが昼間見たっていうカナコという女性は……おそらく、雨宮華奈子《あめみやかなこ》。俺が昔、つきあってた人だ」

きっと、あのずっと右薬指につけているペアリングの相手なのだろうと、千夏は察する。

「彼女は数年前に病死した。もともと身体が弱い子で、二十歳まで生きられないって言われてたから、二十二まで生きたのは幸運だったんだろうな」

彼女の葬儀はつつがなく行われたはずだった。しかし、それだけでは終わらなかったのだと晴高は言う。

「しばらくして、あいつが入院してた病院でおかしなことが起こりはじめたんだ。夜な夜な、いるはずのない人間の足音が聞こえたり、話し声がしたり。いろいろな霊障がおこって、マスコミに心霊病院なんて紹介されるほどになっていった」

妙な胸騒ぎを覚えて晴高はその病院を訪れたが、病院の様子が以前とは様変わりしていたことに驚いたのだそうだ。

「華奈子が入院してたころ、俺もよく見舞いに行ってたんだ。けど、そのころは感じたことのないような禍々《まがまが》しい瘴気《しょうき》のようなものに包まれていた」

「もしかして、そこに華奈子さんの霊もいた？」

元気の問いかけに、晴高は少し迷ったあとコクンと頷いた。

「あいつの気配を感じた。……驚いたよ。てっきり、成仏したとばっかり思っていたから。どうやら、あいつは悪霊たちに取り込まれてあそこに閉じ込められているようなんだ。でも、気配はそれだけじゃなかった。たくさんの霊の、それも悪霊といわれるものの気配があそこにはあった」

いつの間にか、病院は悪霊たちの巣窟《そうくつ》になっていたのだそうだ。

もちろんそんな状態になって経営がうまくいくはずもない。ちょうど施設が老朽化しつつあったこともあって、病院側はその建物を放棄して別の場所に移転したのだという。

「あそこには昔から霊の通り道があったらしいんだ。そこに病院を建てたのがまずかったんだろうな。でもそれだけならまぁ、普通より心霊現象が多く起こるくらいで済んだのかもしれない。だが、運悪く病院で死んだやつの中にとても霊力が高いやつがいたんだ。そいつが核となって霊道を通りがかった霊やら付近の悪霊やらを引き寄せた結果、あんなになっちまったらしい」

いっきに話して疲れたのか、晴高がふぅと息を吐きだす。

「廃墟《はいきょ》になってからは、以前に増して日に日に悪霊は増えている。それを俺は、暇さえあればあそこに祓《はら》いに行っていたんだが……とうとう手に負えなくなって、このありさまだ。……迷惑かけたな」

そう言うと、晴高はふらりと立ち上がってキッチンカウンターに置いてあった車のキーを手に取り、玄関へ行こうとした。まだふらふらとしていて足取りがおぼつかない。どこへ行こうというのだろう。いや、どこへ行くのかは想像がついた。

千夏は玄関の手前で彼の前に立ちはだかる。

晴高は怪訝《けげん》そうに、千夏を見下ろした。やつれているせいか、いつもより眼光が鋭い。思わず怯《ひる》みそうになりながらも、千夏はキッと晴高を見返した。

「どこへ、行くんですか」

「決まってるだろ。どんどん悪霊が増えてる。俺が祓わないと」

「そんな身体で、そんなとこに行けるわけないじゃないですか！」

「俺がやらなかったら、誰がやるんだ。そうしないと、華奈子はいつまでも成仏できない」

晴高が腕で千夏を押しのけ、なおも玄関へ向かおうとしたため千夏は彼の腕を摑んで引き留める。

「それなら、私たちも一緒に行きます」

睨《にら》むようにして千夏が言う。晴高だけを行かせるわけにはいかない。

しかし、晴高はぴしゃりと拒絶した。

「だめだ。お前らには危険すぎる」

「晴高さんにとっても危険ですよね？」

すぐに千夏は言い返す。さらに傍に来た元気が付け加える。

「お前、すでにそこのやつらに取り憑《つ》かれてんだろ。さっきの黒い霊たちはなんだよ。あれ、悪霊ってやつだろ？　このままだと、どんどん衰弱して終《しま》いには死んじまうよ？　お前、まさか死んじまってもいいとか思ってないよな？」

その元気の言葉に、晴高の瞳《ひとみ》がわずかに揺れたように千夏には思えた。

その廃病院には彼の恋人だった華奈子の霊もいるのだ。そういう心理に陥る気持ちもわからないではない。

でも、それが晴高にとって良いことだとは千夏には到底思えなかった。

「お前、俺に悪霊になるなって言っておきながら、お前が悪霊に食われに行くなんてどういうことだよ？」

元気の言葉は、言っている内容とは裏腹に晴高を責める調子ではなかった。口ぶりから、ただ晴高の力になりたいと思っているのが伝わってくる。

晴高は二人から視線をそらして、唇をかむようにジッと床を見つめていた。

沈黙を破ったのは、千夏だった。

「私、もう一つ気になっていることがあるんです。今朝、晴高さんが倒れたとき、生前の華奈子さんのものらしき記憶を見たと言いましたよね。でも、見たものはそれだけじゃないんです」

千夏がそう言うと、晴高は千夏を見て怪訝そうに眉《まゆ》を寄せた。

「ほかに？　何を見たんだ？」

どうしよう。言ってもいいよね？　と元気に目で確認すると、彼は小さく頷き返して晴高に話し始める。

「あの景色は、どこかの廃墟の中だった。そこらじゅうに禍々しい空気が漂っていて。その部屋の隅に隠れて小さな男の子が泣いてたんだ。あれ、たぶん、最初に見たソウタって子だと思う」

元気も、やはりあの泣き声はソウタのものだと感じたようだった。

今度は、千夏が引き継いで話を続ける。

「そのソウタ君が言ってたんです。……靴がない……って。ソウタくんは病気を治して外に出るのを夢見ていたから、病気が治ったら靴を買ってもらう約束をお母さんとしていました。もしかして彼は靴がなくて、いまだにあの病院から出られずにいるんじゃないでしょうか。それに、初めのテラスの景色は華奈子さんの目から見たものでした。ということは……」

千夏の言葉に、晴高が驚いたように息をのむのがわかった。

「その廃墟の景色を見ていたのも……」

千夏は大きくうなずく。

「あれは死後の華奈子さんが見た記憶なんじゃないかと思うんです。私が霊に触れて見える記憶は、その人にとってとても想いの籠《こも》った記憶ばかりです。だから、もしかしてあの光景には何か深い意味があるんじゃないかと思って」

そこまで話した後、元気があっけらかんと言う。

「意味もなにも、ソウタは靴が欲しかったんだろ？　だったら、靴を届けてあげりゃいいじゃん？」

その言葉に、晴高はしばらく何かを考えたあと、はぁっと嘆息を漏らした。

「たしかに、俺もあの病院に行ったときに悪霊たちの中から子どもの泣き声らしきものを聞いたことがある。ソイツが泣くたびに霊たちは力を増しているようにも視えた。それが、そのソウタってやつである可能性は高いのかもしれんな。だとすると、欲しがっていた靴をあげれば何かが変わるかもしれない」

とりあえず、やるべきことは決まったみたい。

とはいえ、ひとまず晴高には休息が必要だった。このまま部屋に一人で置いておくのも何かと不安なので、千夏の家まで彼を連れ帰ることにした。

そして、翌朝。

幸い土曜日だったのでいつもより少し遅めに起きた千夏だったが、ソファの晴高はまだ寝ているようだった。もしかしたら、悪霊たちの影響でここしばらくちゃんと寝られていなかったのかもしれない。

キッチンへ行って朝ごはんは何を作ろうかなぁと迷うものの、晴高の体調を考えるとあっさりした食べやすいものにしたほうがいいだろう。結局、冷蔵庫の中身と相談して、雑炊を作ることにした。

「さあ、できたよ」

器三つに雑炊を盛ってテーブルへ運ぶと、ダイニングテーブルでタブレットを見ていた元気が「ああ、ありがとう」と顔をあげて画面を指さす。

「なんかさ。晴高が言ってた病院。やっぱいまはもう幽霊病院として有名みたいで、ネット上にいっぱい出てるね。ほとんどがブログとか心霊体験レポみたいなやつだけど」

「へぇ、そうなんだ。心霊スポットになってるのかな」

「そうみたい。しかも、最恐の心霊スポットとして有名みたいだな。行った奴がしばらく原因不明で寝込んだり、二階から落ちて怪我したりとか実際いろいろあるみたいでさ」

朝ごはんの準備ができたところで、ソファに横になっていた晴高が起きてきた。

「あ、晴高さん。朝ごはん、どうぞ」

「……ああ」

晴高は額を押さえて呻《うめ》くように言う。まだ体調が戻りきっていないのかもしれないけれど、もしかすると単に寝起きが悪いだけなのかも。とりあえず席についてもらう。

「「いただきます」」

「……ます」

千夏はレンゲで雑炊を自分の口に運ぶ。ちょうどいい塩加減の優しい味が口の中に広がった。

晴高は食べてくれるのだろうかと気になって、自分も食べながらチラと見る。彼はまだ少し寝ぼけているようでゆっくりとした動作だったけれど、レンゲを口元に運んでもそもそと雑炊を食べ始めた。

千夏は元気と目を見合わせ小さく笑いあう。良かった、食べてくれそうだ。

そして朝食が終わって、食後のお茶を飲んでいるときのことだった。それまでずっと黙っていた晴高が、記憶の引き出しから大切なものを取り出すように少しずつ話し始めた。

「……華奈子とは四年くらいの付き合いだったんだ。身体が弱くて入退院を繰り返していたから実質的に一緒にいられた時間は短かったし、何もしてあげられなかった。良くなったら一緒に旅行に行こうって約束してたのに、叶《かな》わなかったしな……」

短いといいつつも、それが晴高にとってかけがえのない時間だったのだろうということが彼の口調から察せられた。だから、彼は今もこんなにも彼女のことを想っているのだろう。そして、それはきっと華奈子にとっても同じだったのだろう。

なんてことを思っていたら晴高が衝撃的なことを口にする。

「俺、元は女子高で教師をやっていたんだ」

「えっ。お前、先生だったの？」

驚いた顔をする元気。晴高は、小さく苦笑を浮かべて返す。

「ああ。現代社会とかを教えてた。華奈子は、俺が勤めてた高校の生徒だったんだ」

「……意外過ぎる」

千夏も唸《うな》る。でも驚く半面、クールで無口なイケメン教師なんて女子生徒たちの間で人気あったんだろうなぁなんて想像してしまった。

「付き合いだしたのは、華奈子が卒業してからだったが。……身体の弱いアイツは高三のとき治療のためにしばらく休んでいたことがあったんだ。それをなぜか、俺が彼女を孕《はら》ませたせいで彼女は学校に来られなくなっていたっていう噂がたって。……もちろんそんな事実はないし、学校にはそう説明したんだが。卒業したばかりの華奈子と付き合ってたのは確かだし、学校側もそれにあまりいい顔しなくてな。結局、学校は辞めて、叔父《おじ》が勤めてた八坂不動産管理に拾ってもらったんだ」

そんな経緯があっただなんて全然知らなかった。たしかに、同じ課に彼と同じ久世という管理職がいる。だから紛らわしいので晴高は晴高係長と職場では呼ばれているのだ。

「華奈子さんは、大学とかに行ってたのか？」

元気の問いかけに、晴高は頷《うなず》く。

「ああ。美術系の大学に通ってた。でも、結局休んでばかりで卒業はできなかったな。卒業したら籍を入れる約束してたんだけど、それも果たせなかった」

そういって晴高は自分の右薬指に嵌《は》めたリングを触った。

「ときどき。俺は生きてていいのかなって、思うことがあるんだ。死ねば、アイツと同じところにいけるんじゃないか。それを、アイツも望んでるんじゃないか、って」

そう語る晴高の言葉はわずかに震えていた。いつもの彼からは信じられない姿だが、いまの晴高は本当にそのまま命を捨ててしまうんじゃないかと心配になるほど儚《はかな》げに見えた。でも、その気持ちの切実さを千夏は痛いほどわかってしまう。

千夏の視線がスッと元気の方に向いた。

元気のことを見つめながら、千夏は思う。今は元気がそばにいてくれるからいいけれど、もし彼が彼岸へ行ってしまったら、晴高と同じことを想わずにいられるだろうか。

……一人で生きていく自信なんてなかった。

しかし、そんな千夏の思いを否定するように、元気がぴしゃりと強い口調で言った。

「そうかな。悪いけど、俺にはそうは思えない」

晴高が視線をあげて、少し驚いたように元気を見る。

「なんで、そんなことお前にわかるんだよ」

「わかるよ。俺、死人だもん。だから、死んだやつの気持ちはよくわかる。誰だって、大切なやつを残して逝きたいなんて思わない。でも、そうせざるをえないんだったら、せめて……」

元気は、小さく笑んだ。

「せめて。残していった人には、幸せに生きてほしいって思うもんだろ。華奈子さんも同じだと思うよ。だってさ、考えてみろよ。お前が倒れたとき、俺と千夏が見た霊の記憶。あれ、誰の目から見た記憶だった？」

「あれは、たぶん華奈子さんの見た記憶だったよね？」

千夏の言葉に、元気は大きくうなずく。

「そう。あれは華奈子さんのものだ。ということは、晴高の身体に彼女の霊の残滓《ざんし》が残っていたってことじゃないかな。あれだけの悪霊に取り巻かれても、晴高がいまも一応生きてるのは、こいつ自身が祓《はら》ってきたっていうのもあるんだろうけどさ。華奈子さんが晴高のことを守ろうとしてたんじゃないかって……どうしても、そう思えるんだ」

「でも、逆に華奈子さんが晴高さんをあっち側に連れて行こうとしてるんだったら？」

ただ霊の残滓があったというだけでは、どっちにもとれてしまう。

しかし元気は首を横に振った。

「もしあっち側に連れて行こうとしてるんだったら、その廃病院に晴高が行ったときにとっくに連れてってるよ。こいつ自身があっち側にこんなに惹《ひ》かれてんだから簡単だろ？　でも、晴高はまだ生きてる」

元気が話している間、晴高はじっとテーブルを見つめていた。しかし、急に立ち上がると、「悪い。ちょっとタバコ吸ってくる」と抑揚の薄い声で呟《つぶや》いてベランダに出て行ってしまった。

リビングの窓越しに彼の背中が見える。紫煙をくゆらせながら、彼は何を考えているのだろう。もしかしたら、何かを自分の中で決着つけようとしているのかもしれない。

その背中から視線を引きはがすと、千夏は立ち上がって飲み終わった湯飲みを片付けはじめる。そうやって手を動かしながらも、さっきの晴高の言葉が何度も頭の中で反響していた。死ねば同じところに行けるんじゃないか。死ねば……。

言葉が胸に詰まって息苦しくなる。その息苦しさを少しでも吐き出したくて、千夏は何気ない雑談のような素振りでほろっと口にした。

「ねぇ。もし、私がさ。元気のあとを追ったりしたら、元気どうする？」

軽い口調で、なんでもないことのように装って、心の奥底にあった本音がちらりと顔を覗《のぞ》かせた。冗談めかして言った言葉だったから、冗談として流してくれると思っていた。

けれど顔を上げると、元気がじっとこちらを見ていた。まっすぐにこちらを見つめる彼の視線に、千夏は息を呑《の》む。

「そうなったら、俺は、ものすごく自分を責めるだろうな。俺、君には長生きしてほしい。だから君が望んでくれる限りそばにいるよ。たとえ、君から俺が視えなくなっても、俺はずっと君のそばにいる」

彼の言葉からは嘘や誤魔化しは感じられなかった。まるで千夏に向けて決意表明するように告げられたその言葉。ずっと一緒にいてくれるという彼の言葉が、心の深いところにあった不安をじんわりと温めて癒《いや》してくれるようだった。

うん、とうなずくものの涙をこらえるのが精一杯で何も返せない。

そこに、ベランダから戻ってきた晴高の声が聞こえてくる。

「なあ。ここに来てからずっと気になってたんだが、お前そこに何置いてんだ？」

晴高は掃き出し窓のそばに置いてある本棚を覗いていた。千夏はこっそり手の甲で目元を拭《ぬぐ》うと、本棚の方へパタパタと駆けていく。

「何か変な物ありました？」

しかし晴高は千夏の言葉には応《こた》えず、「どこから感じるんだ？」などとぶつくさ言いながらしばらく本棚を睨《にら》んでいた。そして、ふいに手を伸ばすと「これだ」と一冊の本を取り出した。

訳がわからず、千夏もその本を眺める。それは、千夏の左遷が決まってどん底にいたときに古本屋でみつけた本だった。

晴高はパラパラとページを捲《めく》ると、とあるページで手を止めて、そこに挟まっているものを手に取って千夏に見せた。

「こいつだな。こいつから、妙に強い神気を感じる」

晴高が手に取って見せてくれたのは、一枚の栞《しおり》だった。白と朱色の和紙で作られた『心願成就』の文字が書かれたお守り栞だ。

「そのお守り、前に古本屋さんでその本を買ったときに一緒に挟まってたんです」

晴高はそのお守りが気になるようで、裏返したり表にしたりしながらしげしげと眺めていた。

「普通お守りくらいで、ここまで神気を感じることはないんだがな……」

と彼が不思議そうにしていると、後ろからひょいっと明るい髪色の頭が覗き込む。元気だ。

「あ、俺もそれ知ってる。えっと、どこの神社のだっけ」

「白山神社だろ。白山神社は北陸とかに多い神社だな」

晴高は、仏教だけでなく神道にも詳しいらしい。

「そうそう。確か金沢《かなざわ》へ旅行に行ったときに立ち寄った神社だ。そこで俺も同じのを買ったことあるよ」

「え⁉ じゃあ、元気もこのお守り持ってたの⁉」

驚いて尋ねる千夏に、元気は笑った。

「偶然だね、同じのを持ってた。もう随分前だけど、栞の形してるから暇つぶしに読んでた本に挟んでたんだ。あ、その本も読んだことあるな。昔、流行《はや》った推理小説だろ？」

そこで、晴高が「ちょっと待て」と元気の言葉を遮った。

「お前が持ってたその本とお守りは、どこにいったんだ？」

「う―ん。どこだったかな。確か自分の部屋の本棚に適当に突っ込んでたと思うけど。俺の私物は両親とか当時付き合ってた相手とか友達とかがいくつか形見分けに持って帰って、それ以外は親が呼んだ清掃業者が全部引き取ってったんだよ。売れそうな物はリサイクルに出すって言ってたっけ」

「ということは、持ってた本も栞もリサイクル市場に流れてる可能性が高いってことだな？」

元気が「うん」と答えると、晴高はお守り栞をしげしげと眺めた。

「そうか。お前らが霊の記憶が見える理由が、なんとなくわかった気がする。千夏はこの本を、古本屋で買ったんだったよな？」

千夏は、こくこくと頷《うなず》いた。

「それって、うちの会社に勤め出す前か？」

「少し前です。前の職場で突然異動が決まって、最後に担当していた現場を見に行った帰りに気分転換で入った古本屋でみつけたんです。そのまま読まずに忘れちゃってたけど……」

そこまで語ってから、千夏にも晴高が言わんとしていることがわかって胸がドキドキしだした。そんな偶然ってあるんだろうか。

この本と栞の元の持ち主は、もしかして……。

晴高はその栞を元気の目の前に掲げる。

「おそらくだが、これらは元々は元気、お前が持ってたものだったんじゃないのか？それがどう流れついたのかしらんが、古本屋で千夏が買った。その後、異動になった際、本来行く予定だった企画部じゃなくて、急遽《きゅうきょ》、第二計画係へ配属になった。それもお前が座っていた隣の席にだ。それって、本当に偶然か？」

「偶然じゃなかったら、どういうことなんだ？」

元気は怪訝《けげん》そうに眉間《みけん》に皺《しわ》を寄せた。

「神様の考えは人間には理解しがたいことも多いし、案外強引なことをしてでも願いを叶《かな》えようとすることもある。人間の側がそれに気づいてないことも多いけどな。このお守りからは強い神気を感じるんだ。何らかの意図があって、ここにあるのは間違いないだろうな」

神気といわれても千夏には何も感じられないが、そのときようやく思い出した。前にこのお守り栞に、仕事のことだけでなく、彼氏もみつかりますようにと願ったのだ。

「つまり、私が元気と出会えたのも、もしかして」

「神様が引き合わせたのかもな。白山神社ってのは菊理媛神《くくりひめのかみ》を祀《まつ》る神社で、社《やしろ》の数で言えば全国で十本指に入る神様だ。でもって、その菊理媛神ってのは死霊と交信してその意思を伝える役割を持つ神なんだ。お前らが二人で霊に触ると、その霊が強く記憶している過去が見えるっていう現象は、この菊理媛神が力を貸していると考えればおかしくはない」

どうやら菊理媛神様とやらは、彼氏がほしいという千夏の願いまでしっかりとかなえてくれていたらしい。それにしても、それだけなら霊の過去が見える現象なんて必要ないはずだ。その現象は何のため？

千夏の視線は自然と元気に向けられる。

(その現象は、もしかして、元気の願いを叶えるためのもの……?)

そんなことを思いながら元気を眺めていると、彼はおもむろにお守り栞へ手を合わせだした。

「なんかよくわかんないけど、千夏と引き合わせてくれてありがとうございますっ」

そうやって柏手《かしわで》打ってお祈りする姿を見て、千夏も慌てて栞に手を合わせる。なんだか、二人で晴高を拝んでいるような形になっているが仕方ない。

「いつか、その白山神社に元気と一緒にお参りに行きたいな」

ぽつりと呟《つぶや》いた千夏の言葉に、元気も柔らかく笑みを返す。

「うん、今度一緒に行こう。そんときは、お賽銭《さいせん》奮発しなきゃな。その本も結構、気に入ってたんだ。まさか犯人が主人公の」

「きゃーっ、私まだその本読んでないから、言っちゃ駄目!!」

とっさに元気の口を手で塞《ふさ》ごうとした千夏は、勢い余って元気の身体をすり抜けリビングに倒れ込みそうになったのだった。


次の週末。千夏たちは廃病院へと出向いた。

その病院は東京西部の多摩川支流に近い山間部に建っている五階建ての大きな建物で、三階あたりに華奈子の記憶で見たテラスも見える。だが、いまはすっかり廃墟《はいきょ》となり、どの窓もガラスが割れて無残な様相を呈していた。

その手前で車を止めて、三人は正門の前で廃墟となった建物を見上げる。

千夏は肩から下げたトートバッグを胸にぎゅっと抱いたまま、ごくりと息を呑《の》んだ。その中には、ここに来る途中で買った子どもの靴が入っている。男の子用のデザインで、店員さんにおおよその年齢を伝えて合いそうなサイズを選んでもらったものだ。

よく晴れた昼過ぎだというのに、廃墟の周りだけが明らかに薄暗い。まるで全体に薄いモヤがかかっているようだった。

日が高いためか霊のようなものは視えていないが、嫌な気配を全身に感じてぞわぞわと両腕に鳥肌がたったままおさまらない。

(ここ、本当に怖い……)

行きたくない。ここに近づいてはいけない。

そう本能が警鐘をならしているようだった。一歩だってその建物に近づくことを、全身が拒んでいる。

「すげぇな、ここ。よく、こんだけ集まったな」

千夏には嫌な気配だけしか感じられないけれど、元気にはそこに集まる霊たちが視えているようだ。

「元気には何が視えてるの?」

おそるおそる尋ねると、彼は眉《まゆ》を寄せて廃墟を眺める。

「とにかく、禍々《まがまが》しいっていうのが一番ぴったりくるな。窓のあちこちから、黒い人影がこっちを見てるし。ほかにも人の顔がたくさん埋まった黒い塊がうろうろしてるのも視えた。腕だけのものとか、下半身だけのとか、そんなのもいる。こんな日の高い時間からあんなにたくさんウヨウヨしてるなんて、どう考えても異常だよ」

「そうだ。ここは異常だ。半分、あっちの世界とつながってしまっているといっても過言じゃない。だから」

一度言葉を区切ると、晴高は険しい視線で千夏たちに念を押す。

「その靴をソウタに渡したらすぐに建物から出るんだ。いいな」

晴高に念を押され、千夏はもう一度トートバッグをぎゅっと抱くと、こくこくと頷いた。

ここに来る前に、千夏と元気が霊の記憶で見た廃墟の様子を晴高に詳しく話して聞かせたところ、部屋の広さや散らばっている椅子などから、各階の入院者用に用意されていたディルームではないかと言われた。ディルームは院内に数か所あったようだが、小児科病棟のある五階が一番あやしいということになった。

そうこうしている間にも、廃病院を取り巻く黒いモヤのようなものは密度を増してきているように思える。

しかし晴高が読経を始めると、それまで濃くなる一方だったモヤが少しずつだが薄まりはじめた。

「行くか」

元気の声に頷く千夏。元気が最初に敷地の中へと足を踏み入れるとすぐ後ろに千夏も続くが、敷地の中へ入ったとたん、ねっとりと肌に絡みつくような空気の濃度を感じた。まるで水の中を歩いているかのよう。しかも急に、夕方のように辺りが薄暗くなる。千夏たちの前に、建物の入り口がぽっかりと口を開けていた。

オオオオオオオ……

建物を通り抜ける風が不気味に鳴る。足が竦《すく》んでしまいそうだった。幸い、霊らしき姿は千夏には視えない。

後ろからついてきてくれている晴高の読経の声が心強かった。霊が近寄ってこないのは、この読経のおかげなんだろう。

病院のエントランスから中へと足を踏み入れる。中も想像以上に荒れていた。天井がところどころはがれ落ち、窓ガラスはほとんどが割れ、周りには医療用ワゴンやら落ち葉やらゴミのようなものが散乱していた。

入ってすぐのところは待合室のようだ。椅子が無残に散乱しているけれど、元気が建物の外から視たという人影や不気味な黒い塊のようなものは今は視えない。

晴高の読経に交じって、どこか遠くから風の鳴くような音がずっと響いている。

けれど、待合室を出てその奥の廊下を階段の方へと歩くにつれ、風の鳴くようだった音がだんだんと大きくなってくるように感じられた。

（もしかして、風の音なんかじゃない？）

オオオオオオオオオオオオォォオォォォォォオォオォォ……

さっきは風が吹き抜ける音にしか聞こえなかったけれど、今ならわかる。

これは声だ。たくさんの人の、うめき声。ひとつひとつが、生者への憎しみと恨みで満ちていた。

……ニクイ……ニクイ……

……ナンデ……クライ、クライヨ……

……タスケテ……オネガイ……イヤ……イタイ……

……シニタクナイ……シニタクナイ……コワイ……シニタクナイ……

廊下の奥がやけに暗いと思って目を凝らすと、そこに黒いモヤが集まりだしていた。モヤはどんどん大きくなっていく。廊下をふさぐほどの大きさになったかと思うと、その合間から何本もの人間の手足が視えた。時折苦痛にゆがむ人の顔も浮かんでは消える。

それらが口々に、生者への憎しみを呟き続ける。

モヤはしだいに大きさを増しながら、こちらへ何本もの手をのばし、ゆっくりと近づいてきていた。

「まずい。いったん逃げるか」

晴高がそう言ったときだった。

『待ってたの』

三人の誰でもない、女性の声が耳をかすめる。千夏が辺りを見回していると、

『こっち』

もう一度同じ声。次の瞬間、千夏の身体を誰かがすり抜けた。

（え？）

戸惑う千夏の前を華奢《きゃしゃ》な背中が駆けていく。白いワンピースの、髪の長い小柄な女性の背中。あれも生者ならざるものだとすぐにわかった。でも、彼女に対しては怖いという気持ちは全くわかなかった。むしろ、やっと会えたという気持ちになる。それは自分に湧いた感情だったのか、いま彼女がすり抜けたときに彼女の感情が移ったのかはわからない。

しかし、すぐに千夏は彼女の背中を追って走り出していた。元気も何も言わずについてくる。晴高もついてきているのが読経の声でわかっていた。

背中を向けているため女性の顔は視えない。

でも、それが誰なのか千夏はわかっていた。おそらく、元気や晴高もわかっていただ

ろう。

（華奈子さん……）

胸が締め付けられそうだった。

彼女に導かれるままに廊下を走り、階段を上った。いっきに五階まで上ったので途中で息が切れそうになったけれど、肩で呼吸をしながらなんとか上りきる。

五階も一階と変わらないくらい荒れ果てていた。散乱したガラスや落ち葉のほかに、墨のような泥水の水たまりがあちらこちらにある。その水たまりの間を抜けて、華奈子はまっすぐに廊下を走っていく。しかし、突然、彼女の身体がぐらりと崩れた。

「きゃあああっ！」

千夏は足を止めて、悲鳴をあげた。華奈子のすぐ足元にあった水たまりから何本もの黒い腕が伸びてきて、華奈子に絡みついていたのだ。

華奈子はあっという間に水たまりに引っ張り込まれるようにして消えてしまう。しかしその直前に、『あの子を、お願い』と華奈子が廊下の一角を指さすのはしっかり視えた。

「止まるな！　行け！　あの先だ」

晴高はそう言うと、すぐに読経を強める。あちこちの水たまりから黒い手が伸びてきて千夏たちに迫ってきたが、読経に反応して一瞬動きを止める。その隙をみて、千夏と元気は走り出した。もうとっくに息は上がっているけれど、頑張って足を動かす。目標は、消える直前に華奈子が指さしたあの部屋だ。きっとあそこが、ソウタのいるデイルームにちがいない。

しかし、部屋にたどり着いた千夏は、室内に広がる異様な光景に息をのんだ。テーブルや椅子が散乱するその奥の左隅に、黒い物でおおわれた塊のようなものがあったのだ。まるで黒いコブのようになったソレ。近づいてみると、長い髪の毛が何重にも絡まって何かを覆っていた。

他に手洗い場らしきものは見当たらない。となると、

（きっとこの中に、ソウタくんが……！）

普段なら気持ち悪くて近寄ることもできなかっただろう。でも早くソウタ君を助け出してあげなきゃという気持ちが、恐怖心に勝った。千夏はその黒いコブに駆け寄って手を伸ばすものの、その前に元気が手で制する。

「霊障とかあるといけないから、千夏は触んない方がいいよ」

そう言うと元気はそのコブにとりついて、髪のようなものを毟《むし》るように引き剝《は》がしていく。しかし、その髪のようなものはまるで意思をもっているかのごとく、引き剝がしても引き剝がしてもシュルシュルと絡みついて剝がれない。

少し遅れてデイルームに入ってきた晴高が、

「ちょっと下がってろ」

と言うと、その髪のコブに札をペタッと貼り付けた。すると、突然、火もないのにそ

の髪のコブが燃え出す。

ギャアアアアアアアアアアアアアアアア
断末魔のような音をあげて髪は灰に変わり、パラパラと燃え落ちた。

その下に手洗い場と収納扉が現れる。

「あった！　これだ！」

千夏はその扉を開けようと取っ手を引くが、びくともしない。鍵穴《かぎあな》などどこにも見当たらないのに、鍵でもかかっているようにピタリと扉はくっついて開かなかった。

そばで見ていた元気も小首を傾げる。

「うーん。俺にはなんかそこの扉がダブって見えるんだよな。物理的な扉のほかに、もう一枚霊的な扉があるような感じというか。そっちの方を俺が引っ張ってみるよ。一緒に引いてみよう？」

元気の提案に千夏はすぐに頷《うなず》く。今度は元気と隣同士に屈《かが》んで、「せーの」のかけ声に合わせて一緒に取っ手を引いてみた。

「くっ……」

それでもはじめはびくともしなかったが、二人で力をかけ続けるとピリッと扉の境目に亀裂のようなものが走り、カパッと開いた。

すぐに中を覗《のぞ》き込む千夏と元気。

その狭い収納スペースの中で小さな男の子が膝《ひざ》を抱えて座っていた。膝に頭を埋《うず》めているので顔までは視えない。

千夏は急いでトートバッグから靴を取り出すと、しゃがんで収納扉の前に置いた。

「ソウタくん……だよね？」

男の子は何の反応もしなかったが、千夏はそのまま続ける。

「お靴、もってきたよ。君に合う新しいお靴だよ」

靴、という言葉に初めて男の子は反応した。ハッとした様子で床に置かれた真新しい靴に目を向ける。

……クツ……？　ボクノ……？

男の子の声が頭の中で聞こえてくる。千夏は、大きく頷いた。

「そう。あなたの靴よ。これを履いて、あなたはどこへだって行けるの。好きなところへ行けるんだよ」

……ボクノ……クツ……

男の子が顔をあげる。その顔はやはり、ソウタと呼ばれたあの男の子と同じものだった。ソウタが向きを変えてこちらに足をむけてきたので、千夏は片足ずつ彼の足へ靴を履かせてあげる。そして、元気が彼の手をとって引いてやると、ソウタは自分から収納スペースの外へと出てきた。

「とりあえず、病院の外に出るか?」

元気が尋ねると、ソウタは初めて笑顔を見せる。それは、華奈子の記憶の中で見せていたものと同じ屈託のない笑顔だった。

「さあ、行きましょう」

もうここには用はない。とりあえず、ソウタに靴を渡すという目的は達成したのだ。これで何が変わったのかはわからないけれど、場を支配していた重苦しい圧迫感のようなものが急に薄れてきているように感じた。

しかし、部屋の入り口に目を向けて、千夏は息をのむ。

ヒタ、ヒタ、ヒタ、ヒタ。

廊下の方から何かがやってくる。それも一つではなかった。

肘《ひじ》から上のない腕だけが床を摑《つか》むようにして這《は》いながらこちらに近づいてくる。肘より上は黒いモヤに隠れてしまって視えなかった。それが一本だけではない。腕だけでなく、足だけのものもある。十本以上の手足がこちらに迫ってきていた。

オオオオオオオオオオオオオオオオオオオオオオオオオ……

廊下の向こうからはさらにたくさんの悪霊たちが迫ってきているのが感じられた。

窓から出ようにも、窓も黒い髪の毛のようなもので覆われている。

「いよいよ取り囲まれたな」

晴高が唸《うな》る。

「どうする？」

元気はソウタを守るように彼の前に立った。晴高はフッと鼻で笑う。

「核になっていたソウタが悪霊の手の中から離れたおかげで、悪霊たちの力が弱まってきている。だから必死で取り返そうとしてんだろうが、これなら俺でも対処できそうだ」

廊下の奥から、のっそりと黒いモヤの塊のようなものが顔を出した。すでに人の背丈よりもはるかに大きく育っている黒い怨念《おんねん》の塊。そこには、いくつもの人の顔が現れては消えていく。そのどれもが、苦痛と悲しみと怒りに満ちていた。

……………ニクイ……ニクイ……

……ナンデ……クライ、クライヨ……

……タスケテ……オネガイ……イヤ……イタイ……

……コッチヘ、オイデ……オマエモ、イッショニ……コッチヘ……

アレに取り込まれたら命がなくなるだけでは済まない。千夏も元気もアレらと同じものになって、永遠に苦しみ彷徨《さまよ》うことになるのだろう。

晴高は恐れる様子もなくそのモヤに向かい合うと、肩に下げていたショルダーバッグから何か金色の棒のようなものを三本取り出して投げつけた。

それがモヤに次々と突き刺さる。刺さるたびにモヤはギャアと声をあげて、痛みに苦しんでいるかのように身をよじらせた。

晴高は手を止めることなく、今度は数珠《じゅず》をもって片手拝みにする。

「オン・アキシュビヤ・ウン」

晴高の凜《りん》とした声が響くと、
ギャアアアアアアアアア
黒いモヤが断末魔のような悲鳴をあげた。そして、しゅるしゅるしゅると空気に霧散するように次第に小さくなり、最後は跡形もなく消えてしまった。あとには、カランカランと音をたてて晴高が刺した金属の棒のようなものが床に落ちてくる。

「空気が……」

千夏のつぶやきに、元気もうなずき返す。

「ああ、軽くなってる。嘘みたいだ。あんなにたくさんいた悪霊たちの気配がどんどん消えていってる」

禍々《まがまが》しい髪の毛で覆われていた窓も、いまは青空が見える。室内も、日の光が差し込んでぐっと明るさを増していた。

「あれが親玉だったからな。親玉が消えてしまえば、いくら悪霊といえどもこんな昼間っから堂々と出てこられるわけはない。ほかの奴らは一旦《いったん》姿を隠しただけだろうが、この程度なら俺でも簡単に祓《はら》える」

そう言うと、晴高は悪霊の親玉が消えた場所まで歩いていった。そして、そこに落ちていた金属の棒のようなものを拾い上げる。それは、両端が五股《また》にわかれた不思議な形をしたものだった。

「これは密教の道具で、五鈷杵《ごこしょ》っていうんだ。結界を張ったり、いまみたいに悪霊にダメージを与えるのに使える」

それらを再びバッグにしまうと、

「ようやく、終わったな」

晴高が小さく息をついた。

千夏もほっと安堵《あんど》の笑みを浮かべたものの、ふと気づくといつの間にか目の前に白いモヤのようなものが立ち込め始めていた。その白いモヤは集まって濃さを増していき、煙のようになって晴高の周りを取り巻きはじめる。

晴高自身も戸惑っている様子だったが、その白いモヤからは悪い気配は一切感じられなかった。白いモヤは晴高の全身にまとわりついたあと、彼の身体から離れてその目の前で次第に人の形を成し始める。

モヤは小柄な一人の女性の姿となった。長い髪に、白いワンピースの二十代前半と思《おぼ》しき女性。千夏にも見覚えがある。この病院で千夏たちをここまで導いてくれたのは、彼女だった。

「華奈子……」

晴高の声は震えていた。

華奈子は、晴高を穏やかな目で見上げると静かな微笑みを湛《たた》える。

『晴高くん。やっと会えた』

彼女は背伸びして両手をのばすと、静かに晴高の首へ抱きつくように腕を回した。

「俺も……、ずっと。ずっと、会いたかった」

呻《うめ》くように応《こた》える晴高に、華奈子は愛《いと》しげな瞳《ひとみ》をそそぐ。

『うん。ずっと会いに来てくれてるの知ってたよ。もっといっぱい一緒にいたかったけど。私、もう逝かなくちゃ』

彼女の身体もまた、キラキラと光を放ち始めていた。悪霊たちから解放されて、成仏しかけているのだ。

華奈子は晴高から離れると、千夏と元気に向けて頭を下げる。

『ありがとう。あなたたちのおかげで、颯太《そうた》くんのことを助けることができました。晴高くんのことも。本当にありがとう……』

そして今度は、颯太ににっこりと笑いかける。

『颯太くん、お姉ちゃん先に行ってるね。颯太くんはこっちでいっぱい遊んでから来ればいいからね』

そして、華奈子は最後にもう一度晴高に向き合うと彼を指さした。

『晴高くん！』

はつらつとした声で告げる。

『君に、幸あれ！』

その言葉を聞いた晴高の顔が、ハッとなった。すぐに、くしゃりと涙に歪《ゆが》む。

「それ、俺が卒業式の日にクラスの皆に言った言葉だろ」

華奈子はエヘへと笑った。そして、ふわりと穏やかな笑顔になると、そのままスゥッと天に昇るように消えてしまった。

『大好きだよ』

そう、ぽつりと言葉を残して。

華奈子の消えた場所を見つめながら、晴高も応える。

「ああ。俺も、大好きだ」

その声が華奈子に届いたのかどうかはわからない。でも、きっと届いたと千夏は信じている。人が逝くのは一瞬だ。でも、その別れはきっと一生忘れられないものになるに違いない。

晴高はしばらく華奈子がいた場所を見つめていたが、眼鏡をとって腕で顔を拭《ぬぐ》ったあと、再び眼鏡をかけなおした彼はもういつものクールな彼に戻っていた。

さて、あとは颯太のことだ。

「颯太くん。このあと、どうする？　行きたいところがあるなら連れて行ってあげるけど」

千夏に聞かれて颯太は少し考えていたけれど、何かを思い出した顔で千夏を見た。

『ボク、おうち帰りたい！　パパとママと、それと妹のサヤカにも会うんだ！』

「いいよ、おうちに連れていってあげる。でも、どこか覚えてる？」

颯太は少し考えたあと、こくんと頷《うなず》く。

『ホイクエンからならおうちまでわかるよ』

「保育園の名前はわかる？　あと、どのあたりにあったのかとか」

うーんと颯太は窓の外を眺めたあと、もう一度大きく頷いた。

『ボクのおうちね。セーセキサクラガオカのエキのちかくだったよ。ケーオーせんなの。ぎんいろのシャタイにムラサキとアオのセンのハイったデンシャだよ』

妙に細かく教えてくれる。もしかしたら、電車好きな子なのかもしれない。

保育園の名前も憶《おぼ》えていた。スマホで検索してみると、聖蹟桜ヶ丘《せいせきさくらがおか》駅の近くにほぼこれだろうと思われる保育園がみつかる。これなら彼の家を探すのはさほど難しくはなさそうだ。

晴高は残りの悪霊を祓うために残るというので、千夏と元気、それに颯太の三人で聖蹟桜ヶ丘駅まで向かうことになった。

はじめは久しぶりに見る街の様子や電車に大はしゃぎだった颯太だったけれど、途中で疲れてしまったようで電車の中で寝始めた。その彼を元気が抱っこしながら、彼がかつて通っていたという保育園の前までやってくる。

その頃には颯太も目を覚まして、元気の腕からぴょんと降りた。そして保育園の柵《さく》から園内をしばらく懐かしそうに見たあと、「ボクのおうち、こっちだよ」と先導して歩き出す。

そこは保育園から歩いて十分ほどの場所にある住宅街の中の一軒家だった。

いつしか日が沈み始めていたけれど、家の中からはいいニオイが漂っている。夕飯の支度をしているようだ。

颯太はタタタッと家に向かって走り、門の前で振り返った。

『ここ！　ここがボクのおうち!!』

郵便受けには、『森沢《もりさわ》』とある。

「颯太くんのお名前は、森沢颯太くんで、いいのね？」

千夏が聞くと、颯太は『うんっ』と明るく頷いた。もし、彼の家族が引っ越ししてしまっていたらどうしようと少し心配だったが、ご家族は今もこの家に住んでいるようだ。

ほっと胸をなで下ろした千夏はそこで気づく。颯太の全身がキラキラと輝き始めていた。彼の未練が晴れて、成仏しかけているようだ。

千夏は笑顔で彼を見送る。家の中からは家族の声が聞こえていた。見送りはここまでで充分だろう。

「私たちはここまで。さぁ、ママとパパのところに行っておいで」

そう言ってバイバイと手を振ると、颯太は『うん！　バイバイ！』と手を振り返して、玄関の方へ走っていった。

そして、もう一度こちらを見たあと、『ただいま！』とはつらつとした声をかけてドアの向こうに消える。きっと彼はもう大丈夫だろう。成仏するまでのしばらくの間、彼の大好きな家族といっぱい過ごしてほしいと切に願った。

森沢家のキッチンでは母親がハンバーグを焼きあげ、ダイニングテーブルへと運んでいるところだった。

家族は三人のはず。それなのに、母親は四人分の料理を並べている。大きなハンバーグと、付け合わせのバターコーンにマッシュポテト。サラダと、オニオンスープもそれぞれ四皿ずつあった。

「ママー。おさら、一つおおいよ？」

配膳《はいぜん》を手伝ってフォークを並べていた五歳の沙也加《さやか》が、母親に言いに行く。

母親はエプロンで手を拭《ふ》きながら、にっこりと笑った。

「ああ、いいのよ。今日は多く作っちゃったから。それにほら、お兄ちゃんハンバーグ大好きだったから。今日は一緒に、ね？」

「ふーん？」

そこに父親もダイニングへとやってくる。

「お、今日はハンバーグか」

そしていつもより一つずつ多い皿を見て、柔らかく目を細めた。

「颯太も好きだったからな。ハンバーグ」

「さあ、食べちゃいましょ。席についてついて」

「はーい」

沙也加は返事をしながら自分の席に座る。

そのとき。

一瞬だけ、誰も座っていない席に誰かが座っているのが見えた気がした。

瞬《まばた》きをしたらもう誰もいなかったけれど、そこにニコニコ笑う顔があったような気がしたのだ。

「これで、一件落着だね」

駅に戻るために向きを変えた千夏だったが、そのとき隣に立つ元気が一瞬きらりと光を帯びているように見えて目を見張る。

（……………え？）

両目をこすってもう一度見てみると、颯太が消えていったドアをじっと見つめている元気はいつもと変わらない彼だった。千夏の視線に気付いた彼と目が合う。

「ん？　どうした？」

「う、ううん。なんでもない……」

「さぁ。晴高のところに戻ろうぜ。あいつ、大丈夫かな。またぶっ倒れてなきゃいいけど」

そう元気が冗談めかして言うので、千夏はいま感じた不安をクスリと笑みに変える。

「うん。そうだね」

いま見たのは、きっと何かの見間違いだよ。そう思うことにした。

でも、駅へと戻る道すがら、駅に行くのに近いからと公園を抜けていたときのことだった。元気が突然足を止める。

どうしたのかと思って千夏も足を止めて振り返ると、彼は自分の両手を見つめて立ちすくんでいた。

「どうし……」

そこまで言いかけて、千夏も驚きで目を見開く。彼の両手がキラキラと輝きだしていた。

元気は千夏に視線を戻すと、申し訳なさそうに目じりを下げる。

「千夏……俺も、もうそろそろ逝かなくちゃいけないみたいだ」

そう語る元気の全身が光を帯びはじめていた。颯太や華奈子、それにいままで成仏を見届けた数々の霊たちと同じように、その身体がキラキラと光の粒子を放って輝き始める。

その輝きを千夏は驚きをもって見つめた。そして、それが意味することを理解する。こうなるともう、誰にも止められないこともわかっている。

元気にもとうとう、成仏する瞬間がやって来たのだ。

元気は成仏できるというのに、心底申し訳なさそうな顔をしていた。千夏は、胸に湧き上がるたくさんの思いを呑《の》み込んで元気を見つめ返す。

「なんて顔してるのよ」

そう言って、無理やり笑う。目の端に涙は浮かんでしまったけれど、彼がようやくこの世での未練をなくして次へと進めるのだ。嬉《うれ》しいことじゃないはずがない。そう自分に言い聞かせた。

「あっちに逝っても、元気でね」

そう空元気を振り絞って笑顔で言うと、抑えきれなかった涙が一粒、ホロリとこぼれおちた。元気も、くしゃっと辛《つら》そうに顔を歪《ゆが》めて千夏を見つめる。

「俺、また戻ってくる。千夏のそばに帰ってくるよ。それがどんな形かは分からないけど、必ず帰ってくる」

その言葉に、千夏も小さく頷《うなず》いた。

成仏すれば、彼は輪廻《りんね》の輪の中に戻っていずれ生まれ変わるのだろう。今の彼とは違う誰かになってしまうのかもしれない。そうしたらもう、千夏には彼が彼とは分からなくなるに違いない。それでも、いずれ再び彼がこの世に戻ってきてくれると言うその言葉が、唯一の希望のように思えた。

言葉を返そうとするのにうまく言葉にならず、千夏はただ頷くしかできない。そんな千夏に、元気は柔らかな眼差《まなざ》しを向けてくれる。

「千夏、君に出会えて良かった。君との日々はほんとに、楽しくて……ずっと続けばいいのに、って思ってた」

「私も」

彼の顔をもっと見ていたかった。彼の笑顔をずっと見ていたかった。涙で滲《にじ》んでしまいたくなくて、彼に心配をかけたくなくて。千夏は必死で涙をこらえたけれど、こらえきれない涙がポロポロと頰を伝ってこぼれ落ちる。

堪《たま》らず千夏は元気の身体に腕を回す。触れた感触はないけれど、それでもたしかに腕の中に元気がいるのは感じられた。

「……ごめんね。悲しませて」

元気の言葉に、千夏はぶんぶんと首を横に振る。つい喉元《のどもと》まで、逝かないでの言葉が出そうになるけれど、なんとか呑み込んだ。

「私は、あなたの未練になんかなりたくないもの」

そう声を振り絞るように返す。精一杯の強がりだった。

元気も千夏の背に腕を回す。

「俺に、幸せをくれてありがとう。愛してるよ。千夏」

「うん、私も。愛してる、元気」

お互い、相手を離すまいとするかのように寄り添っていた。

唐突に千夏の腕の中にあった元気の全身が光の粒へとかわり、天へ昇っていくように消えてしまった。

あとに、カランと何かが落ちる。

しゃがんで指で拾い上げるとそれは、彼が左薬指につけていたシルバーのペアリングだった。

千夏はそれを手のひらで強く握りしめると胸にあてて、空を見上げた。

(逝ってらっしゃい)

また、いつか出会える日まで。

またいつか、二人の運命が重なるその日まで。

そして、千夏は自宅へと帰ってくる。

「ただいま」

そう独り言を言ってから靴を脱いで、リビングへ向かった。

がらんと静かなリビング。

こんなに広かったっけ。そして、こんなに静かだったっけ。

もう、彼と出会う前がどうだったかなんて思い出せない。

ほんの今朝まで、「ただいま」と言えば「おかえり」と返してくれる声がそこにあった。ソファに座ってタブレットを眺める姿があった。

千夏はバッグを床に置くと、ふらつくようにリビングの隅にある衣装ケースの前にペタンと座った。そこには彼のために買った衣服が入っている。

引き出しを開けて、シャツを一枚手に取った。

まったく誰も袖《そで》を通したことのない新しい匂いのするシャツ。でもそれは、彼がよく着ていたシャツ。千夏はそれを、ぎゅっと抱きしめて顔を埋《うず》めた。

キッチンにはまだ彼が使っていた茶碗《ちゃわん》や箸《はし》が洗ったまま残っている。

洗面所には彼の歯ブラシもある。そして、トートバッグの中には彼が愛用していたタブレットが入っていた。彼の名前が刻印された、タブレット。これが届いたとき、彼は本当に嬉しそうにしていたっけ。

彼の痕跡《こんせき》が、家中のあちらこちらに残っていた。たしかに、元気という人間はこの場所にいて、一緒に暮らしていたのだ。
それなのに、彼はもうここにはいない。
もう、どこを探してもいない。
この世のどこにも、いない。
もうあの笑顔も、あたたかい声も、大きな手も、戻っては来ない。
抱きしめて顔を埋めたシャツから、嗚咽《おえつ》が漏れた。
一度堰《せき》を切って流れ出した涙は、なかなか止まらなかった。
たったひとりきりの寒い部屋で、泣き続ける。
その左親指には、彼が残していったペアリングが静かに輝いていた。

エピローグ　それは、うららかな春の日のことでした

元気が成仏してから、数か月が経った。

季節は巡って、再び春がやってくる。

千夏が八坂不動産管理に来てから一年。そこで高村元気と出会ってからも、一年が経とうとしていた。

元気の両親とは、彼の殺害事件の捜査に協力する際に面識ができていた。

晴高が生前彼と友人関係にあったという筋書きにしていたため、彼の両親から一度会って話したいという連絡がくる。

呼ばれたのは晴高一人だったが、彼は千夏にも「一緒にくるか？」と誘ってくれた。

千夏は公的には、元気とは何の関係性もないことになっている。

それどころか元気と面識があるはずもないのだ。千夏が八坂不動産管理水道橋支店に異動してきたのは、彼の死後三年も経ってのことなのだから。

それでも千夏は晴高の誘いに乗った。

元気が生きていた痕跡をこの目で見てみたかったから。

桜が満開を過ぎて少し散り始めていた土曜日。

千夏と晴高は、高村元気の実家を訪れた。彼の実家は、登戸《のぼりと》から少し歩いた住宅街にあった。

インターホンを押すなりすぐに出てきてくれた元気の母は、千夏と晴高の姿を見るなり「わざわざ、よくおいでくださいました」と、目じりを下げて二人の手を握った。

見てすぐに、その人が元気の母親だとわかる。穏やかな目じりが、元気にそっくりだった。その後ろから出てきた彼の父親も、彼とよく似た髪質をした背が高く優しそうな男性だった。

まず、千夏たちは奥の仏間に通される。そこには小ぶりだがセンスの良い仏壇が置かれていて、その前に写真立てに入れられた一枚の写真が飾られていた。

生前の高村元気の写真だ。

仏壇に手を合わせて、千夏はその写真にじっと目をやる。

(元気が、生きていたころの姿……)

考えてみると、あれだけ一緒にいたのに、彼の生きていたころの姿を見たのはこれが初めてだった。元気の母の話によると、遺影に使った写真なのだという。

写真の中で朗らかに笑う元気は、千夏の知っている彼だった。見ている人を安心させ、あたたかな気持ちにさせてくれる彼の笑顔。いまはもう、記憶の中にしかない懐かしい彼。

（元気、今頃どうしているんだろう）

死後の世界がどうなっているのかは知らないけれど、きっと彼ならうまくやっているのだろうと千夏は信じている。

そのあと小一時間、晴高と元気の両親が話すのを千夏は横で黙って聞いていた。自分は元気とは直接面識がないことになっているので、ボロが出ないように口をはさむことはしない。

晴高が話す元気の話は、どうやって知り合ったかという部分以外は本当の話のようだった。ただし、今から四年以上前の話ではなく、つい数か月前の彼の姿ではあるけれど。

晴高の話は千夏が知っているものもあったが、初めて聞く話もあって新鮮だった。

千夏は知らなかったが、元気と晴高は一緒に酒を飲みに行ったこともあったらしい。同い年の彼らは、なんだかんだでお互いに友人としてやっていたようだ。

晴高の話を聞きながら、元気の両親は生前の息子の姿を思い浮かべていたのだろう。母親はずっとハンカチを片手に目じりを拭《ふ》いていたし、父親はずっとこちらにやさしい目を向けて何度も頷《うなず》き返していた。

千夏にとっても、久しぶりに元気に会えた気がして嬉《うれ》しいひとときだった。

終始和やかに訪問を終えて、高村家を後にする。電車で家へと向かう途中で、千夏はふと思い立って途中下車することにした。

「晴高さん。私、次の駅でちょっと寄り道していきます」

次に着く駅名表示を見て、晴高も千夏がどこへ行こうとしているのかわかったのだろう。

「わかった。じゃあ、また月曜に」

と、素っ気ない言葉が返ってくるだけで、彼は一緒に来るとは言わなかった。その気遣いが有り難い。

千夏はぺこりと頭を下げると、電車を降りた。

そして駅前の花屋で花束を買うと、地図アプリを見ながら目的の場所へと向かった。

「あった……この交差点だ」

そこは駅から少し歩いたところにある交差点だった。

四年前の春、高村元気が交通事故にあった場所。この路上で、彼は亡くなったのだ。

春のあたたかな風が吹くたびに、街路に植えられた桜の花びらが舞う。

千夏は交差点の横断歩道の脇にしゃがむと、持ってきた花束を置いて手を合わせた。

しばらく拝んだあと、ゆっくりと立ち上がって横断歩道を眺める。

亡くなる直前、彼は当時付き合っていた彼女と会うために、胸ポケットに婚約指輪を忍ばせてこの道を渡っていた。

そのときの彼の姿が目に浮かぶようだった。

無意識に千夏は自分の指にはまった二つのリングを触る。左薬指にあるのはピンクゴールドのリング。左親指は元々元気が身につけていたシルバーのリングだ。二つはいまも、千夏の左手に輝いている。

桜吹雪が舞う、穏やかで静かな横断歩道。

信号が青になった。その横断歩道の先を千夏は見つめるが、動けない。通行人が次々と千夏の横を通り過ぎて渡っていく。それでも、千夏は歩き出すことができず、ただその先を見つめていた。信号は赤に変わり、車道を何台も車が通り過ぎていく。そして、再び青になり、赤に変わり、何度繰り返しただろうか。

もう何度目かわからない青信号。

いつまでも渡らない千夏を不思議そうに見ながら、人々が通り過ぎて行く。

それでも足が動かない。

そのとき。すぐ隣に人の気配を感じた。

背の高い人影。

ついで、柔らかな声を掛けられる。

「青だよ。渡らないの？」

聞き覚えのある声だった。忘れるはずもない、懐かしい声。

千夏は、ハッと顔を上げると隣を見た。

瞬間、驚きと喜びで涙が溢《あふ》れだす。

「元、気……」

彼が立っていた。初めて会ったときと変わらないスーツ姿。ふわふわとした茶色みのある髪で、はにかんだ笑みを浮かべている彼。

「なんで……！」

千夏は驚きで叫びだしそうになるのをこらえながら、それだけをなんとか口にした。

成仏したはずの彼がなぜここにいるのか。もしかして、これは自分が見ている幻覚なんじゃないかとすら疑った。彼を想いすぎるあまりに、彼を幻視するようになったんじゃないかと。

でも、目の前の彼は消えてしまうこともなく、頭を掻《か》くと嬉しそうに目尻《めじり》を下げて微笑んだ。

「やっと、戻ってこれた」

「で、でも……成仏したはずじゃ……」

「したよ。そんで、あっち側に逝った。だから俺、もう浮遊霊じゃないんだ。昇格？っていうか。守護霊とかいうやつになったんだ。でも、生きてる人間には姿を見せちゃいけないって言われて。そのあたりの調整に手間取って遅くなっちゃった」

そう元気は申し訳なさそうに言うが、千夏は次から次へと湧き出てくる涙を振り払うように首を横に振った。

そして、笑顔になる。涙は止まらなかったけれど、悲しい涙じゃないから。

「元気。おかえり」

元気も、柔らかな春の陽だまりのような笑顔で返す。

「ただいま。千夏」

それは桜の舞う、よく晴れたうららかな春の日のことだった。


数日後、職場でのこと。

晴高は自販機横のベンチで、昼休憩の残り時間を缶コーヒーを飲んで過ごしていた。

隣には、成仏したはずなのにまた千夏とともにひょっこりと出勤してくるようになった元気が、同じコーヒーを手にして座っている。守護霊になったとか言っていたが、晴高の知る限りこんなに表に出てくる守護霊なんて聞いたことがない。相変わらず、存在自体がふざけた奴だ。

「なあ、お前。守護霊ってことはずっと千夏のそばにいるんだよな？」

晴高が缶コーヒーを飲みながら聞くと、元気は両手で缶を包み込むようにして持ちながら、うんと答えた。

「そうだけど」

「じゃあさ。もしどっちかが心変わりしたらどうすんだよ。男女の関係なら、今後どうなるかなんてわからないよな？」

生きてるもの同士なら別れてそれでお終《しま》いだ。浮遊霊と生きている人間という関係でさえも、別れることはできた。しかし、守護霊とその対象となるとそうはいかないだろう。

「もちろん、その可能性も考えたさ。でもたとえそうなったとしても、俺がこれからも彼女を守り続けることには変わりはないよ。千夏がもし、俺じゃない誰かを好きになってそいつと家庭を持ちたいと思うようになったら、そんときは俺もほかの守護霊たちと同じように視えなくなるだけさ」

そう言って、元気は笑った。守護霊という存在になるにあたって、こいつもこいつなりに覚悟を決めてきたんだなというのがその言葉から窺《うかが》える。

「そうか」

もっとも、千夏のあの嬉しそうな様子を見る限り、そんな心配をする必要はなさそうだけどな。そんなことを思いながら、晴高は立ち上がって、自販機脇の缶入れに空き缶を捨てた。

デスクに戻ろうとしたら、後ろから元気の声が引き止める。

「お前だってさ」

晴高は振り返る。元気は缶を傾けてコクリと一口飲んだあと、やわらかく笑う。

「いるよ。お前の隣に、華奈子さん」

元気の指摘に、晴高はハッとする。しかし、すぐにその顔にふわりと小さな笑みがこぼれた。

「そうか」

元気も、目を細める。

「亡くなった後もさ、俺たちみたいに大切な人のそばにいることを願う霊もいるんだよ。そうして、まだ生きてる人のことを見守ってるんだ。だって、生きている人が死んだ人を想うのと同じように、俺らだって生きてる人のことをいつまでも想い続けてるんだよ」

死は人を隔《へだ》ててしまう。

でも人の心は、なくならない。

誰かを想う気持ちは、いつまでもなくならない。

そう言って、元気は穏やかに笑うのだった。

本書は、魔法のiらんど大賞２０２０ 小説大賞
〈キャラクター小説部門賞〉を受賞した作品を、
改稿の上、改題し、文庫化したものです。

八《や》坂《さか》不《ふ》動《どう》産《さん》管《かん》理《り》の訳《わけ》アリな日《にち》常《じょう》

幽霊《ゆうれい》と同居《どうきょ》、始《はじ》めました。

飛野《とびの》 猶《ゆう》

令和3年 9月25日 初版発行

発行者●青柳昌行

発行●株式会社KADOKAWA
〒102-8177 東京都千代田区富士見2-13-3
電話 0570-002-301(ナビダイヤル)

角川文庫 22833

印刷所●株式会社暁印刷
製本所●本間製本株式会社

表紙画●和田三造

●お問い合わせ
https://www.kadokawa.co.jp/（「お問い合わせ」へお進みください）
※内容によっては、お答えできない場合があります。
※サポートは日本国内のみとさせていただきます。
※Japanese text only

ISBN 978-4-04-111518-3 C0193

角川文庫発刊に際して

角川源義

第二次世界大戦の敗北は、軍事力の敗北であった以上に、私たちの若い文化力の敗退であった。私たちの文化が戦争に対して如何に無力であり、単なるあだ花に過ぎなかったかを、私たちは身を以て体験し痛感した。西洋近代文化の摂取にとって、明治以後八十年の歳月は決して短かすぎたとは言えない。にもかかわらず、近代文化の伝統を確立し、自由な批判と柔軟な良識に富む文化層として自らを形成することに私たちは失敗して来た。そしてこれは、各層への文化の普及滲透を任務とする出版人の責任でもあった。

一九四五年以来、私たちは再び振出しに戻り、第一歩から踏み出すことを余儀なくされた。これは大きな不幸ではあるが、反面、これまでの混沌・未熟・歪曲の中にあった我が国の文化に秩序と確たる基礎を齎らすためには絶好の機会でもある。角川書店は、このような祖国の文化的危機にあたり、微力をも顧みず再建の礎石たるべき抱負と決意とをもって出発したが、ここに創立以来の念願を果すべく角川文庫を発刊する。これまで刊行されたあらゆる全集叢書文庫類の長所と短所とを検討し、古今東西の不朽の典籍を、良心的編集のもとに、廉価に、そして書架にふさわしい美本として、多くのひとびとに提供しようとする。しかし私たちは徒らに百科全書的な知識のジレッタントを作ることを目的とせず、あくまで祖国の文化に秩序と再建への道を示し、この文庫を角川書店の栄ある事業として、今後永久に継続発展せしめ、学芸と教養との殿堂として大成せんことを期したい。多くの読書子の愛情ある忠言と支持とによって、この希望と抱負とを完遂せしめられんことを願う。

一九四九年五月三日